講談社文庫

新装版
眠る盃

向田邦子

講談社

目次

1

2

男性鑑賞法

眠る盃

1

潰れた鶴

つい先夜、銀座で人寄せをした。

お開きの時刻に雨が降り出し、気の張る年輩の客が多いこともあって車を頼んだのだが、自分を頭数に入れるのを忘れていた。

用が残っておりますので、と取りつくろい、にこやかに三台の車を送り出して、今から一台頼むのも間が抜けている、粗忽《そこつ》を懲らしめる意味からも地下鉄で帰ろうと、家路を急ぐホステスさんにまじって雨の中を歩き出した。

得意になって人の世話をやき、気がつくと自分一人が取り残されている、というのは今に始まったことではない。

小学校一年の工作で、いや当時は工作とはいわず「手工」といった。手工で鶴を折ることを習った。私はおばあちゃん子だったから、折紙はお茶の子さいさいである。教壇で説明する先生よりも先に折り上げてまわりを見廻すと、出来てない子が沢山いる。手順が判らなくなってベソを掻いている子もいる。私は頼まれもしないのに向う三軒両隣りの席へ出張し鶴を折って廻った。ひとの鶴だから、ふくらます時もお尻を濡らさぬように気を使いながら息を吹き込んだ。ところが「出来た人は鶴を持って並びなさい」と言われて気がついたら、机の上にのせた私の鶴がない。

鶴は床に落ちていた。

自分で踏んだのか人に踏まれたのか、赤い鶴は無惨に潰《つぶ》されていた。上履《うわばき》の靴底の波型に黒い汚れがつき、いくらふくらませても、もとへ戻らなかった。

みんなは、私が折ってやった鶴を手にして並んでいる。私は泣きそうになるのをこらえて、新しく鶴を折り始めた。出来ていないのは私一人であった。

たった一学期しか居なかった宇都宮の西原小学校の教室と、袴をはいた女の訓導生沼先生と一緒に、「ああ、どうしよう。もう間に合わない」というあの時の気持は、今でも思い出せるような気がする。どうもこのあたりから、赤い潰れた鶴は、私のシンボルマークになった。

今はどうか知らないが、昔の女学校の体格検査はちょっとした騒ぎであった。ひと固まりずつ衛生室へ押し込められ、上半身裸になって胸囲を計られたり衝立《ついたて》の向うの校医の診察を受けるのだが、女生徒たちははしゃいだりきまり悪がったりして埒《らち》があかない。こういう場合でも、私はせっかちなところから、パッと脱ぐと裸になっているのは私一人である。

学級委員をしていたので、つい他人の面倒を見てしまう。おさげの尻尾がボタンにからまったのをはずしたり、めがねと下着を一緒に脱いだのを取ったりするのだが、やはりむき出しだときまりが悪い。脱ぎ着は早い方なので、一旦脱いだ体操着をまた着てやっていると、そういう時に限って一番こわいお作法の先生が入ってくる。みんな裸で、着ているのは私一人である。「何をグズグズしているの。早く脱ぎなさい」と叱られてしまうのである。

終戦直前のことだが、裁縫の教材で防空頭巾を縫ったことがある。

綿入れは、母や祖母のを手伝いつけているので、子供のくせに馴れている。一番先に入れ終り、「綿入れの上手な人はいいお嫁さんになれるわよ」と先生に賞められた。賞められて気をよくし、例によって、まわりの二、三人の綿入れを手伝い、さて先生の前でかぶってみたところ、頭のてっぺんがチクリとする。綿の中に針がまぎれ込んだらしいというので、私一人がやり直しになってしまった。また、鶴は足許で潰れていたのだ。

恥と焦りで、顔中に汗を掻き、そこに綿ごみがついて、顔はかゆいわ、皆は笑うわで、こんな思いをする位なら爆弾に当って死んだ方がいいと思ったものだった。

私が綿入れを手伝ったKは卒業と同時にお嫁にゆき、今は実業家の夫人である。空襲や転居が重なり二十五年も音信不通だったが、近年になって連絡が取れた。いいお嫁さんになれるわよ、といわれながら売れ残った私のために、三十五年ぶりに縁談を持ち込んできたのだから、人生というのは判らない。結構すぎるご縁で、釣り合わぬは不縁のもととご辞退をしたのだが、昔話のついでに、電話口で防空頭巾のことを持ち出してみた。

小さな空白があって、突然、Kは弾けるように笑い出した。覚えている、防空頭巾の柄まで覚えているわ、と鼻のつまったような泣き笑いになった。

私は女三人の姉妹の一番上である。

子供の癖にこましゃくれた口を利いたせいか、しっかりしたお嬢さんと呼ばれ、二番目は綺麗なお嬢さん、末の妹は可愛いお嬢さんと呼ばれていた。自分からお嬢さんというとご大層な生れ育ちのようだが、ふた親ともそのへんのブラ下りである。妹二人は、まあ当っているとして置くが、私に関していえば、はずれとしか言いようがない。

女は、しっかりしている、などと言われないほうがいい。鶴がうまく折れなかったり、綿入れがうまく出来なかったりしてベソをかき、人に手伝ってもらったりするほうが可愛気があって結局は幸せなのではないか。私は甘えて人に物を頼んだり、ゆったりと髪をとかしてリボンの色を選んだり、少女小説を読んで涙ぐんだり、そうした女の子らしい思いをした記憶はほとんど無い。

しっかりしていると人に賞められ、うぬぼれてその気になり、何でも早く出来ることを自慢にして、人の世話をやき、気がついたら、肝心の自分の鶴が見当らないのである。

「ああ、どうしよう。もう間に合わない」

という声がどこからか聞えてくる。

上履の靴底の波型の通りに黒く汚れて潰れた赤い鶴がいつも気持の隅にチラチラしている。歳月は女の子を待ってくれない。今からあわてて鶴を折っても、もう間に合わないのである。

（小説現代／1978・4）

金襴緞子

三十年ほど前のはなしだが、母方の祖母が布団を拾ったことがある。

拾った場所は今のホテル・オークラから六本木へ抜ける途中である。祖母が孫の手を引っ張って歩いていると、通りかかったトラックが道の凹みにでも引っかかったのかガタンと大きく揺れ、荷台の留め金がはずれて、積んでいた夜具布団が二枚、祖母の前に滑り落ちて来たというのである。

祖母は驚いて、

「布団が落ちましたよ」

と叫んだが、トラックは気づかずに行ってしまった。屋敷町で人通りもない。冬にしては風のない暖かい日だったから、祖母は孫に手伝わせて布団を道の端まで引きずり、その上に坐って遊びながら人が通るのを待っていた。

祖母のうち、つまり私の母の実家は建具職である。上州屋といって、もとはかなり手広くやっていたというが、その頃は落ちぶれて、大きなお屋敷に田螺《たにし》のようにへばりついた三軒長屋の真中に住んでおり、私はそこで居候をしながら学校に通っていた。

「トラックに知らせる方法はなかったの」

と私が言うと、

「自動車は電気だよ。叶うわけないじゃないか」

女の癖に気短かな祖母はもう腹を立てていた。腕も好いが人もよかった祖父を尻に敷き、口八丁手八丁の人だったが、どういうわけか電気だけは弱く、

「ガスは電気だ」

といって、濡れた手を丁寧に前掛けで拭ってからガスの栓をひねっていた。

交番に届けた布団はきまりの時期がきても落し主があらわれず、祖母が頂戴することとなった。私は唐草の風呂敷を持って受取りに行ったが、渡された布団を見て肝をつぶしてしまった。金襴緞子《きんらんどんす》である。しかも溜息の出るほどの安物であった。金と銀の交織《こうしょく》で額ぶちを取り、まん中は桃色と金で鳳凰の模様になっていた。

「待合の布団だな」

年輩のお巡りさんは、気の毒そうに風呂敷包みを背負わせてくれた。祖母は使い賃

に一枚を私に呉れたのだが、これが重たいばかりで少しも暖かくないのである。しかも、使っているうちに綿が寄ってきて、いやにゴロゴロするところと、綿の全くないところが出来てしまう。うどん粉を練るとダマが出来るが、夜具布団で綿がダマになったのは初めてであった。端の方を開けてみたら、綿というより袂《たもと》のゴミといった方が早いねずみ色のものが詰まっていた。

二階が二間、下が二間。三軒が支えあってどうにか立っているといった感じの長屋に金襴緞子の夜具布団は何とも不似合いであった。私自身、見るからに下品な桃色の布団を掛けて寝ることには嫌悪感があった。

「気に入らなかったらお返しよ」

と祖母は言ったが私はわざと返さなかった。

帝銀事件が起き、太宰治が死に、東条英機ら戦犯が絞首刑になった。洋裁学校が出来、スタイルブックとアロハが街にあふれた。カストリ雑誌とストリップがはやり、「青い山脈」と「銀座カンカン娘」のメロディが流れていた。

明るいかと思えば暗く、豊かになったようでまだまだ貧しかった。現実をどう摑《つか》み取っていいか判らないひ弱な自分の気持をいじめるように、毎夜このうさん臭い金襴の布団にくるまって眠った。

すいとんと学生アルバイトで疲れ切っていたせいか、色っぽい布団を掛けながら、なまめいた想像にふけるゆとりもなく、気がつくと朝になっていた。布団の綿は、いつも四隅に寄っていた。今にして思えば、これが私の青春であった。

此の頃、ホテルで食事をするとか人に会うという時、私はホテル・オークラで、ということが多い。ゆったりしたこのホテルの雰囲気が好きなこともあるが、気持のどこかに、帰り道に、「あの場所」を通る、ということがあるようだ。

お天気のいい昼下りなど、ホテルを出たタクシーが六本木に向って道なりに曲るところで、私は、いつも、

「もっとゆっくり走って下さい」

と運転手さんに言いたい衝動を押える。

このあたりで祖母は布団を拾ったのだ。

女としてはあまり幸せではなかった七十四年の人生。憎まれ口は叩いたが、愚痴はこぼさず、あの食糧難の時代に、居候の私に食べもののことでただの一度も嫌な思いをさせなかった祖母が、冬の陽だまりの中で拾った布団を道端に敷き、その上にチョコンと坐って孫と遊んでいる姿が見えるような気がするのである。そのうしろに、黒いギャバジンのスカートをはき、父のワイシャツを仕立て直した白のブラウスを着た

女子学生の私の姿も浮かんでくる。

祖母は十五年前に亡くなり、学生時代を過した三軒長屋は取り払われて広い道路に変った。そしていま七十歳の母は、目の底に浮かぶ祖母の姿そっくりになってきている。

（小説新潮／１９７８・１）

眠る盃

人の名前や言葉を、間違って覚えてしまうことがある。

私は、画家のモジリアニを、どういうわけかモリジアニと覚えてしまった。誤りに気がつき、愛称モジだからモジリアニであるぞと判っているのだが、あの細長い女の顔を見ると、間違って発音するのではないかとおびえてしまう。人前ではなるべく、この画家の名前は言わないことにしている。

東京の地名に「札《ふだ》ノ辻《つじ》」というところがあるが、妹は「辻の札」と思い込んでいて、

「さあ、どっちだ」

とせき立てて聞くと、白目を出して慎重に考えたあげく、「辻の札に決まってるじゃないの」と間違えている。

この妹は幼い時、「泣くな子鳩よ」という歌を「泣くなトマトよ」と歌っていた。

トマトが泣くわけがないじゃないか、といじめて泣かせてしまった記憶がある。私も大きなことは言えない。

小学生のころ、「ローローロヤボー」という不思議な歌を覚えた。祖母に「ロー」というのはどういう意味かしらとたずねたら、「老人のローだろう」と教えてくれた。ボーは坊やだという。大きくなってから、これは英語であり、

Row Row Row your boat

というボートを漕ぐ歌だと判ったが、そのせいだろう、今でも、たまにこのメロディを聞くと、老人と少年が向かい合ってボートに乗っている絵が浮かんでくる。

「荒城の月」は、言うまでもなく土井晩翠作詞・滝廉太郎作曲の名曲だが、私はなるべく人前では歌わないようにしている。必ず一ヵ所間違えるところがあるからである。

「春高楼の　花の宴」

ここまではいいのだが、あとがいけない。

「眠る盃　かげさして」

と歌ってしまう。

正しくは「めぐる盃　かげさして」なのだが、私にはどうしても「眠る盃」なので

ある。

子供のころ、わが家は客の多いうちであった。保険会社の地方支店長をしていた父が、宴会の帰りなど、なにかといっては客を連れて帰った。

これから客を連れて帰る、と父から電話があると、私は祖母の手伝いで、よく香炉に香をたく役目をした。薩摩焼のいい形をした香炉であった。香が縁側から私の部屋まで匂った。正直言うと、気持の中では、私の「荒城の月」の一小節目は、「春香炉の　花の宴」なのである。

やがて、すでに相当に酒気の入った客が到着する。上きげんの父の声。お燗《かん》を持った母の白足袋が廊下をせわしなく行ったり来たりする。

やっとお客様が帰って、祖母は客火鉢の火の始末をはじめる。私は客間にゆき、客の食べ残した寿司や小鉢物をつまみ食いする。みつかると叱られるのだが、どういうわけか、いつも酢だこばかり残っていた。

主人役の父は酔いつぶれて座ぶとんを枕に眠っている。母が毛布をかける。毛布の色はらくだ色である。そういう時、父の膳の、見覚えのある黒くて太い塗り箸のそばに、いつも酒の残っている盃があった。

酒は水と違う。ゆったりと重くけだるく揺れることを、この時覚えた。私には酒も盃も眠っているように見えたのであろう。

天上影は　替らねど
栄枯は移る　世の姿
写さんとてか　今もなお
嗚呼荒城の　よわ（夜半）の月

四番を歌う時、私はいつも胸がジーンとしてくる。ここでも私は心の中で「弱の月」と歌っているのである。

（東京新聞／１９７８・10・９）

「あ」

バスは混んでいた。

二十年も前のはなしだから、乗物の数も少なく、おまけに乗る人間も冬は厚着であった。家の中も街も今よりずっと寒く、人は暗い色の冬支度に着ぶくれて、殺気立って朝晩のラッシュに揺られていた。

その朝も、私は吊革にもブラ下がれず、車の真ん中で左右から人に押されながら、週刊誌を読んでいた。

押しあいへしあいの中で、二つ折りにした週刊誌のページをめくろうとすると、

「あ」

という声がする。

声の主は、黒い学童服を着た小学生低学年らしい男の子で、私の胸のところに押しつけられている。その子は、ちょっと口をあき、訴えるような目で私を見た。週刊誌

の向こう側には、漫画が載っていた。彼は、漫画を読み終らないうちにページをめくられたのだ。

私は漫画を少年に見せるようにしてまたしばらく揺られていた。少年の目が漫画の吹き出しのセリフの部分をゆっくりと追い、声を出して読んでいる。おしまいまで読み終えたところで、少年は目を上げてまた私を見た。

バスが少し空いてきて、少年は次の停留所で降りる気配があった。ところが、定期券を忘れたらしい。ポケットを探って困っている。

私が、

「忘れたの？」

とたずねると、怒ったような顔をしてうなずいた。私は、小銭入れからバス代を出し（十円だか十五円であったかおぼえていない）少年の手に握らせた。少年は、小銭を握ったまましばらく外を向いて揺られていたが、降りぎわに胸のポケットから赤鉛筆を抜いて黙って私に突き出した。ボール紙をむくと芯の出てくる、当時としては珍しいもので、父親か誰かに貰ったのであろう、十センチほどの使いかけであった。

黒革のランドセルを背負った小さい姿が、四谷の並木道を走ってゆくのを、私はバスの窓からちらっと見た。

少年の宝物だったに違いない赤鉛筆を、私は大事なものを入れるチョコレートの空箱に仕舞っておいたのだが、いつとはなしにどこかへいってしまった。

つい最近、仔犬を連れた少年と顔馴染《かおなじみ》になった。

七つか八つの男の子で、引っぱっている黒の仔犬が、テリアかなにかの雑種らしいがなんとも可愛い。少年はこの犬が自慢らしく、まあ可愛いと声をかけそうな私の気配を察してか、わざとゆっくり歩いている。はにかみ屋の癖に犬を賞めてもらいたいのだ。

「なんていう名前？」

とたずねると、黒い犬の頭をなでながら小さな声で、

「クンタ」

と教えてくれた。

テレビで放映され評判になった黒人迫害史『ルーツ』の主人公クンタ・キンテから取ったのであろう。アパート住まいで犬は飼えないので、私はよく他人様の犬で憂さばらしをする。この少年とクンタには、それから二、三回出逢い、いまお座りを仕込んでいること、クンタはクッキーが好物であることを教えてもらい、一緒に遊ばせて

もらった。

しばらくして、また少年に出逢った。

この日は犬を連れていなかった。「クンタ、大きくなった?」とたずねようとしたら、少年は突然大きな声で、

「ベエ!」

と叫び、舌を出して憎ったらしい顔をした。そして小走りに行ってしまった。

犬は死んだのか貰われて行ったのか、いずれにしても少年のところには居ないのであろう。それからも少年を見かけるが、道の端を、ちょっと拗《す》ねた格好で歩いている。

子供を持たなかったことを悔やむのは、こういう時である。

(東京新聞/1978・12・14)

伽哩伽

また猫を飼いたいと言い出した時、反対したのは父であった。

「俺の鳥と金魚はどうなるんだ」

私は鳥も金魚も苦手である。金魚は水の中にいるせいか情が移らないし、鳥は指にとまる時、ギュウッと獅嚙《しが》むようにするのも、下からキロンと上がって閉じる瞼も好きになれなかった。それと、前に飼っていた「禄《ろく》」という名の黒猫が死んだすぐに、今度は俺の番だというように、カナリアと琉金《りゅうきん》を買ってきた父も憎らしかった。

父娘でいがみ合っていても埒《らち》があかないので、母が間に入り講和条約を結んだ。

猫の名前は父がつけること

猫が金魚を盗った場合は弁償と刺身、鳥を盗った場合は弁償と焼鳥をおごること

弁償は判るとしても、刺身と焼鳥はいささか悪趣味と思ったが、父がそういう趣向を面白がっているので、下手に逆らって折角の講和条約がフイになってもと思い、受

け入れることにした。

猫は生後三ヵ月のシャム猫の牝である。美人だが神経質らしく、華奢《きやしや》なからだを細かく震わせておびえている。

「キリンの子だな」

父の言う通り、猫にしてはいやに首が長い。へそ曲がりの父のことである。もともと反対だったことでもあり、「キリン」などと命名されてはかなわないと思い、馴れぬ手つきで晩酌のお酌などして機嫌をとった。

翌朝、父が示した名前は、二つであった。

コンドミニアム

伽俚伽《かりか》

コンドミニアムは、英語で共同所有という意味である。言いづらいし、第一、猫を世話してくれた獣医さんへの謝礼は私が支払っているのである。親しき仲にも経済あり、こちらは断固辞退した。

残るは、伽俚伽である。

聞き馴れない名前だが、父の説明によると十六羅漢の一体で、唯ひとりの女の仏様だという。もともと耳学問の人だから、あてにならない気もしたが、響きも悪くないので、これに決めた。

幸い伽俚伽は、鳥も盗らず金魚も狙わず、結構可愛がられて、父との間もうまく行っていたが、飼い主の私が父と言い争いをして、家を出ることになってしまった。

私は、身のまわりのものと、共同所有ではない伽俚伽だけを連れて家を出た。東京オリンピック開会式の日であった。

猫を連れて入れるアパートを探して、不動産屋の車で青山あたりを回っていたら、開会式の時刻になった。日本中の人がテレビにかじりついているというのに、父と争い家を飛び出して部屋探しをしている人間もいる。不動産屋の車が青山の表通りから横丁へ曲った。こんなところにマンションがあるのかな、と思ったとたん、ゆきどまりになった横丁の真下に、国立競技場がひろがっていた。

「ここが日本一の特等席ですよ」

不動産屋のおにいさんが得意そうに私の顔を見て笑いかけた。

たいまつを掲げた選手が、たしかな足どりで聖火台を駈け上ってゆき、火がともるのを見ていたら、わけのわからない涙が溢れてきた。

オリンピックの感激なのか、三十年間の暮らしと別れて家を出る感傷なのか、自分でも判らなかった。

アパートは霞町にみつかった。

ひと月後、母に引っぱられるようにして、父が部屋を見にきた。伽俚伽は、うれしいのだろう、怒ったように烈《はげ》しく啼《な》き、父の足にからだをすりつけてぐるぐる回っていた。父は何もいわず伽俚伽の背を撫でていた。

あれから七年で父は亡くなったが、伽俚伽は今も元気である。華奢なからだは肥えふとり、長かった首も猪首《いくび》にみえる。キリンの子はその名の通り羅漢さまになってしまった。この猫も父の形見のひとつである。

（東京新聞／1978・6・8）

嚙み癖

爪を嚙《か》む癖がある。

子供の時分は、爪だけでなく袂からセルロイドの下敷きまでかじっていた。三角定規や分度器も歯型通りにデコボコになり、いつも隣りの席の友達に借りていた。借りた三角定規を嚙んでしまい、泣かれたこともあった。

一番嚙み易いのは、鉛筆のお尻である。

消しゴムのついたのは、嚙み甲斐がない上においしくないので敬遠した。塗料を塗ったのは、口の中に薬くさいザラザラが残るので嫌いだった。あれは何という会社のだったのか、白木に近いのがあって、嚙むと材木置き場で日向ぼっこをしているような匂いと味のするのがあった。

年頃になって唇の形が悪くなる、と親にも叱られ、努力もしたのだが、不惑を遥かに越えてまだ駄目なのだから、恐らく死ぬまで直らないであろう。この文章も、爪を噛みながら書いている。

二十五年前になるが、犬を飼ったことがあった。

白黒ブチの雑種でボンという名前だった。大型だが甘ったれで飼い主には実に従順なのだが、噛み癖があった。はしゃぐと際限がなくなり、手当たり次第に歯を立ててしまう。凶暴性からくるのではないから甘噛みに近いのだが、図体が大きいので知らない人はびっくりする。叫び声を立てて逃げたりすると、遊んでもらっていると思うのか尻尾を振ってどこまでも追いかけ、スカートやズボンに歯を立てた。

太い杭《くい》を地中に埋め、それに繋《つな》いで置いたのだが、カランカランと引き抜いた杭を引きずりながら近所を走り回って、噛み癖は直らなかった。その度にそれこそ裸足《はだし》で飛び出して体ごと犬を押え込み、こちらの頭も犬の頭も一緒に地面にすりつけて詫び、裂けた衣類を弁償していたが、度重なると詫びだけではすまず、保健所へ送ることになってしまった。

母犬は目黒の魚屋さんの犬で、あとで聞いたところ一胎《ひとはら》三匹の兄弟とも噛み癖があったという。

明日はいよいよお別れ、という日、私は勤めの帰りに彼の一番の好物だったウインナ・ソーセージを買った。雨の日で、ハトロン紙の封筒が濡れて底が抜け、吉祥寺駅のプラットホームに中のものをぶちまけてしまった。黒く濡れたホームに毒々しいほど赤いソーセージが散乱した。私はそれを拾い、井の頭線に乗ったのだが、そばの人達がいやに私の顔を見る。

母親らしい人が、連れの女の子に、

「洗って食べるから、大丈夫よ」

と言って聞かせているのを聞いて事情が判った。人間が食べるのではないんです。うちの犬が食べるんです。いい奴なのですが、明日保健所にやらなくてはならないんです。そう叫びたいのをこらえていた。

泥のついたソーセージは、よく洗い掌《てのひら》にのせて一本ずつ食べさせてやった。ボンは私の掌を甘噛みしながら太い尻尾を振っていた。雨に濡れた犬の体は、冷たいおみおつけの匂いがした。

私とボンは同じだ、同じ噛み癖があったのだ、と気がついたのは迂闊《うかつ》なはなしだがついこの頃のことである。人間に生まれたおかげで私は保健所に送られることもなく、マニキュアも出来ない短い爪にひけ目を感じながら生きている。ボンも飼い犬になど生まれず、自由に自然の中を走り回っていた狼の昔に生まれていれば幸せだったのだ。

それにしても、私は爪を切るのにほとんど鋏《はさみ》を使ったことがない。お恥ずかしいことだが、子供の時分は足の爪まで歯で嚙み千切っていた。

陽当たりのいい縁側で、歯で足の爪を嚙んでいたら庭木戸から急に植木屋さんが入ってきて、あわてて引っくり返り、敷居で頭のうしろにコブを作ったこともある。

四十年ぶりに試してみたが、固くなった体は言うことを聞かず、あと三センチというところで無念の涙をのんだ。

（東京新聞／1979・1・30）

夜の体操

七年前から青山のアパートに住んでいる。

越して来た当座は静かな住宅街で、アパートは数えるほどであったが、ここ三、四年の間にめっきり数が増え、住んでいる五階の窓から見える空の形も、四角ではなくなって来た。

自分の住まいに庭がないせいか、買い物の往き帰りはなるべく広い庭のある家の横を通る。どの庭には何の木があり、何月頃にはどんな花をつけ、どんな匂いがするか、七年の間に覚え込み、これが私のささやかな四季であった。

こういう家が、ある時期から目立って植木の手入れが悪くなる。ピカピカに磨かれていたガラス窓にほこりが目立ちはじめる。やがて一日中雨戸が閉まり、門の扉に転居先を記した札が貼られる。二、三日間をあけて通ると、もとの家は取りこわされ、土ほこりの中で整地が始まっている。あとはお決まりのコンクリートの杭打ちの家鳴り震動があって、半年から一年あとには、高層アパートが建ち、私の四角い空をせばめ、ささやかな四季がまたひとつ消えるのである。この一年の間に、梅も減り桜も減り気に入っていた大きな金木犀もなくなってしまった。

もともと自分のものではないのだから、文句を言う筋合いではないのだが、この間から気になることがある。よそ様のアパートの窓が見えるのである。窓だけ見える分には別に困りはしないのだが、窓はたいていガラス窓だから、見まいとしてもつい中に目が行ってしまう。薄い紗《しゃ》のカーテンを引いてあるから大丈夫と思うのだろうが、昼間はいいとして、夜は全く役に立たず、少し離れたアパートの窓に、天真爛漫なる湯上がり姿を拝見して、こちらがあわててカーテンを引いたことがあった。

つい先夜、訪れた友人にその話をしたところ、その人は急に笑いをやめ、真顔でこう言うのである。

「こちらから見えるということは、向こうからも同じように見えるということではないのかなあ」

私は行き届いた口を利く癖に、ポカンと大きく抜けたところがある。他人《ひと》を笑いながら、自分は紗のカーテンを引いてあるから大丈夫と安心して、あまりお行儀のよくない姿で、湯上がりの美容体操をやってきたのである。こんな簡単なことに七年間も気がつかなかったのか。

ガックリしてお茶を飲む元気もなくしている私を見兼ねたのだろう、友人が試してあげるから、おもてへ出て見てごらん、と言ってくれた。私は、部屋全体の照明、スタンドなどの部分照明の点滅の仕方を説明して、エレベーターで下に降りた。

アパートの前のちょうど私の部屋の正面に私道がある。五十メートルほど離れたところまで歩いて振り返ると、スタンドだけのあかりの下で、友人が体操をしているのが見えた。痩せた長身の体の動きが、紗のカーテンを通してはっきりと分かった。七年間に晒《さら》したわが恥を見る思いで大きく溜息をついた。これからは気をつけなくてはいけないな、と思いながら、気がついた。友人は、ラジオ体操をやっている。律義な性格とみえ、ひとつの動作も手を抜かず、ラジオの第一体操をやっているのである。

「もういいの。分かりましたから」

という合図に、私は手を振ったが、体操に興が乗って見えないのか、止《や》める気配はない。針金細工のような無器用な動きを見ていたら、急におかしくなり、私は声を立てて笑ってしまった。

通りがかりの人が、うす暗がりの中で気味悪そうに私を見ながら、すれ違ってゆく。陽気のせいで、頭がおかしいと思ったのかも知れない。窓の向こうのラジオ体操はまだ続いている。足許から沈丁花が匂った。この匂いも来年はどうなるのかな、と思いながら、ゆっくりとアパートへ入って行った。

（東京新聞／1978・3・27）

宰相

カーター大統領がテレビで喋っている。

この人は口許は笑っているのに、目は笑っていない。鏡を見ながら真似をしてみたが、私は人間がお人好しに出来ているせいであろう、唇をほころばすと、目も、いや鼻まで嬉しそうに笑ってしまう。

チャンネルを回すと、福田さんの顔があらわれた。テレビは金太郎飴のようなもので、どこを切っても、誰か知った顔が笑っている。

知った顔といったが、それはテレビの画面を通して逢った顔であって、実物には、ほとんど逢っていない。テレビの台本書きをしているので、タレントと呼ばれる人種は多少顔馴染みがあるが、それとて数は知れている。早いはなしが、歴代の総理大臣など、ただの一度もお目にかかったことがないのである。

あれは昭和二十——何年のことだったのだろう。私は日曜になると、上野の図書館へ出かけていた。新円切り換えに食糧不足が追い討ちをかけて、暮らしは食べるだけで精いっぱいであった。学生だったが参考書までは手が回らず、親戚に居候の住宅事情の悪さもあって、私の勉強部屋は、もっぱら上野の図書館であった。

あのころの学生は、陰気だった。

暗い服を着た暗い顔の行列が、朝早くから暗い建物の前に並んでいた。父のワイシャツを仕立て直したブラウス、黒ギャバジンのスカートに運動靴をはいた私もその中にまじっていた。

学生証を見せて閲覧券を受け取り、借りたい本の名を書いて提出する。大きな部屋で自分の名前が呼ばれるのを待つのである。この部屋も薄暗かった。

係りは紺の上っぱりを着た中年の女性であった。

無表情な声で、「ヨシダシゲルさん」といった。

一瞬、広い部屋に音がなくなった。椅子をカタンとさせる音がして、小柄なやせた学生が立ち上がった。ワッと、弾けるような笑い声があがった。時の宰相と同じ名前の学生は、こういうことに馴れている、といった風に、少し肩をそびやかして本を受け取り、私の横を通って自分の席にもどっていった。

五年ほど前に、ペルーのイキトスという町のホテルでニクソン大統領に出逢った。

イキトスは、アマゾン河上流にある小さな町である。かなりにぎわった頃もあり、オペラ・ハウスもあったというのだが、いまは見るかげもなくさびれていた。

町にただ一軒の冷房のある小さなホテルの入口で、私と同行の澤地久枝女史は、顔を見合わせた。フロントで笑いながら電話をかけている宿泊客は、まさしく現職のアメリカ大統領である。あの鼻、あの口、間違いない。

ただし、息をのんだのは、三秒かせいぜい五秒間であった。アマゾンぼけが冷《さ》めてよく見ると、大統領にしては、少し小柄である。着ているものも、吊るしんぼうの紺の背広だし、何よりも、チョコマカした感じで、品格がない。

結局、非常によく似たセールスマンかなにかであろう、ということで落ち着いたのだが、私の記憶に間違いがなければ、あとで澤地女史は、ホテルのフロントで、そのミスター・ニクソンの名前をたしかめておられたように思う。昭和史の研究家は、このようなこともおろそかにされないのだ。

それにしても、よく似ていた。

アメリカ人に、あの「て」の顔や感じが多いのか。その夜、二人は、利かないクーラーにゆだり、インカ・コーラという桃色の飲み物を飲みながら、あれは整形をしたのではないかと話し合った。セールスマンとして、時の宰相に似た顔を持つことは、売り上げ倍増のアイディアである。ニクソンが失脚したいま、彼は、カーター・スマイルを研究しているかも知れない。

(東京新聞/1978・7・30)

字のない葉書

死んだ父は筆まめな人であった。

私が女学校一年で初めて親許を離れた時も、三日にあげず手紙をよこした。当時保険会社の支店長をしていたが、一点一画もおろそかにしない大ぶりの筆で、

「向田邦子殿」

と書かれた表書を初めて見た時は、ひどくびっくりした。父が娘宛の手紙に「殿」を使うのは当然なのだが、つい四、五日前まで、

「おい邦子！」

と呼捨てにされ、「馬鹿野郎！」の罵声《ばせい》や拳骨《げんこつ》は日常のことであったから、突然の変りように、こそばゆいような晴れがましいような気分になったのであろう。

文面も折り目正しい時候の挨拶に始まり、新しい東京の社宅の間取りから、庭の植木の種類まで書いてあった。文中、私を貴女と呼び、

「貴女の学力では難しい漢字もあるが、勉強になるからまめに字引きを引くように」という訓戒も添えられていた。

褌《ふんどし》ひとつで家中を歩き廻り、大酒を飲み、癇癪を起して母や子供達に手を上げる父の姿はどこにもなく、威厳と愛情に溢れた非の打ち所のない父親がそこにあった。

暴君ではあったが、反面テレ性でもあった父は、他人行儀という形でしか十三歳の娘に手紙が書けなかったのであろう。もしかしたら、日頃気恥しくて演じられない父親を、手紙の中でやってみたのかも知れない。

手紙は一日に二通くることもあり、一学期の別居期間にかなりの数になった。私は輪ゴムで束ね、しばらく保存していたのだが、いつとはなしにどこかへ行ってしまった。父は六十四歳で亡くなったから、この手紙のあと、かれこれ三十年つきあったことになるが、優しい父の姿を見せたのは、この手紙の中だけである。

この手紙も懐しいが、最も心に残るものをと言われれば、父が宛名を書き、妹が「文面」を書いたあの葉書ということになろう。

終戦の年の四月、小学校一年の末の妹が甲府に学童疎開をすることになった。すでに前の年の秋、同じ小学校に通っていた上の妹は疎開をしていたが、下の妹はあまりに幼なく不憫だというので、両親が手離さなかったのである。ところが三月十日の東京大空襲で、家こそ焼け残ったものの命からがらの目に逢い、このまま一家全滅するよりは、と心を決めたらしい。

妹の出発が決まると、暗幕を垂らした暗い電灯の下で、母は当時貴重品になっていたキャラコで肌着を縫って名札をつけ、父はおびただしい葉書に几帳面な筆で自分宛の宛名を書いた。

「元気な日はマルを書いて、毎日一枚ずつポストに入れなさい」

と言ってきかせた。妹は、まだ字が書けなかった。

宛名だけ書かれた嵩高《かさだか》な葉書の束をリュックサックに入れ、雑炊用のドンブリを抱えて、妹は遠足にでもゆくようにはしゃいで出掛けて行った。

一週間ほどで、初めての葉書が着いた。紙いっぱいはみ出すほどの、威勢のいい赤鉛筆の大マルである。付添っていった人のはなしでは、地元婦人会が赤飯やボタ餅を振舞って歓迎して下さったとかで、南瓜の茎まで食べていた東京に較べれば大マルに違いなかった。

ところが、次の日からマルは急激に小さくなっていった。情ない黒鉛筆の小マルは遂にバツに変った。その頃、少し離れた所に疎開していた上の妹が、下の妹に逢いに行った。

下の妹は、校舎の壁に寄りかかって梅干の種子をしゃぶっていたが、姉の姿を見ると種子をペッと吐き出して泣いたそうな。

間もなくバツの葉書もこなくなった。三月目に母が迎えに行った時、百日咳を患《わずら》っていた妹は、虱だらけの頭で三畳の布団部屋に寝かされていたという。

妹が帰ってくる日、私と弟は家庭菜園の南瓜を全部収穫した。小さいのに手をつけると叱る父も、この日は何も言わなかった。私と弟は、一抱えもある大物から掌にのるウラナリまで、二十数個の南瓜を一列に客間にならべた。これ位しか妹を喜ばせる方法がなかったのだ。

夜遅く、出窓で見張っていた弟が、

「帰ってきたよ！」

と叫んだ。茶の間に坐っていた父は、裸足でおもてへ飛び出した。防火用水桶の前で、痩せた妹の肩を抱き、声を上げて泣いた。私は父が、大人の男が声を立てて泣くのを初めて見た。

あれから三十一年。父は亡くなり、妹も当時の父に近い年になった。だが、あの字のない葉書は、誰がどこに仕舞ったのかそれとも失くなったのか、私は一度も見ていない。

（家庭画報／１９７６・７）

檜の軍艦

母方の祖父は建具師であった。

若い時分は上州屋を名乗り、職人たちも使ってかなりの羽振りを見せたそうだが、人の受け判をしたのがつまずきのもとで、私が物心ついた時は、麻布市兵衛町の小さなしもた家に逼塞《ひっそく》して頼まれ仕事で暮しを立てていた。

志ん生の落語と相撲の好きな人で、面差しもどこやら志ん生に似ていた。首筋のうしろに大きな「いぼ」があって、

「ロシアの蛙にしょんべんを引っかけられたんだぞ」

と幼ない私をかまっていた。

祖父は二百三高地の生き残りである。撃ち合いが激しくなると、居職《いじょく》の兵隊たちは上官の目を盗んでは足を高く上げ、

「撃ってくれ！　撃ってくれ！」

と叫んだというはなしを聞いたことがある。足の一本やそこら無くなっても、生きてさえ帰れば、手があればやってゆけるということなのだろう。祖父自身の気持だったのかも知れない。

世渡りは下手だったが腕はよかったと思う。だが、何とも時代が悪かった。職人として盛りの時期が、戦争激化、空襲、そして戦後のバラック建築にぶつかってしまったのである。

気に入った仕事がなければ半年でも遊んでいる、といった名人気質も晩年は折れて、家の前の焼跡に掘立小屋を建て、ぽつぽつと仕事を始めた。私はこの時期三年ほど居候をしたのだが、祖父が黙々と、しかも手抜きをせずにこたつ櫓《やぐら》など作るのを辛い気持で眺めていた。

その頃、一人のアメリカ人の少年が祖父の仕事場を覗きにくるようになった。七、八歳位の野球帽をかぶった金髪の少年だった。アメリカ大使館のすぐ裏だったから、その家族だったのであろう。焼跡に祖母がささやかな苺畑を作っていたが、少年はそれを踏まないように気を遣いながら入ってくると、ただ黙って、かんなをかけたりする祖父の手許を見つめ、夕方まで坐っているのである。少年の前の物干竿《ざお》に、つぎだらけの祖父の股引きが突っぱって風に揺れ、私は口惜しいような気持で眺めていた。

そのうちにどうやって話がまとまったのか、祖父は少年に軍艦を作ってやることになった。軍艦といったところで、日露戦争の勇士の作る代物《しろもの》である。日本海海戦に登場するような大時代な形であったが、細工はなかなかみごとだった。全長二尺。檜材で一本の釘も使わぬ組子《くみこ》である。威風堂々とは言いかねたが、とぼけた味とあたたかみがあった。野暮天ながら凜とした気品もあるように思えた。仕上げをする祖父のそばで、少年にやるのは惜しいな、と思った覚えがある。

少したって少年の母親が礼に来た。背の高いそばかす美人で、両腕いっぱいに缶詰やチョコレートを抱え早口の英語で礼を言うそばで、祖父は閉口頓首《へいこうとんしゅ》といった顔でやたらとたばこをすっていた。

祖父は不遇のうちに昭和二十八年七十歳で亡くなったが、この頃になって、私の身のまわりの規準というか目安は、この祖父にあるのではないかと思うようになった。当世流行の金属の家具にどうしても馴染めず、頑固に木製のを使っている。それも、女だてらに大ぶりで無愛想で飾り気のない、間の抜けた形を選んでいるのである。目の底に、三十年前の檜の軍艦があるのかも知れない。

祖父の名前は岡野梅三といった。

（室内／1976・7）

能州の景

五つ六つの頃だろうか、父に詩吟を習ったことがある。習ったというより、泣く泣く坐らされたのだが、

「鞭声粛々夜河ヲ過《ワタ》ル」

というところで、かならず吹き出して、

「馬鹿！　何がおかしい」

と父にどなられていた。おなかがシクシクと痛んで便意を催している武士が、大挙して夜河を渡る光景が目に浮かんで、どうにも我慢ができないのである。乃木大将の「山川草木」も「三銭」に聞えて駄目。笑わずにうたえるのは、上杉謙信作の、

霜ハ軍営ニ満チテ秋気清シ
数行ノ過雁月三更
越山併セ得タリ能州ノ景

遮莫《サモアラバアレ》家郷遠征ヲ憶ウ

ぐらいであった。

父は石川県七尾の産である。

父親の顔を知らず、不遇な少年時代を送ったせいか、この詩は特に感慨が深かったようだ。私は東京生れの東京育ちだが、いつの日か父の故郷でありわが本籍地でもある能登を訪ねたいと思いながら、生来の横着で、実現したのは、テレビの台本を書く仕事もどうにか格好がついた三十代の終りであった。

わが能登めぐりには、同業のM女史・S女史も同行されることになった。感激した父は入念なスケジュールを立ててくれ、

「粗相のないよう、見落しのないようご案内せよ」

と、餞別《せんべつ》まで添えて送り出してくれた。

第一夜は金沢泊りである。

凝《こ》った普請《ふしん》の旅館であった。結構な夕食を終え、三つの布団をくっつけて、中年女三人が夜を徹してテレビ界を憂い、来し方行末を語り合おうという段取りである。

私は父のことを話したかった。

逆境から身を立て名を挙げた波瀾の人生を、子供の頃から聞かされた能登の吹雪の

烈しさや鱈《たら》のおいしさをまぜて語りたかった。日頃敬愛する両女史も感動して聞いてくれるにちがいない。

ところが、電灯を暗くしようというときになって、鴨居に特大のゴキブリが這っているのに気がついた。とたんにM女史が、

「それ！」

と一声。パッと浴衣を脱ぎ捨てた。紫色の半シュミーズと黄色の毛糸長下ばきに包まれた豊満な肢体が仁王立ちになった――と思った瞬間、女史は二人のあっけにとられた視線を感じられたか、

「アッ！」

と、叫んでガバと布団の上にうつ伏された。だが、再び思いかえされたか、浴衣を羽織ると、ゴキブリに躍りかかり目にもとまらぬ早業で退治されたのである。

M女史は大先輩である。お人柄も大好きだ。おまけに見てはならぬ姿まで拝見してしまったのである。笑い転げては失礼にあたる。お礼を申上げ、電灯を暗くして天井を仰ぎ、目尻から流れる涙と、こんにゃくの如く打ち震えるおなかをさすって辛抱した。

それにしても不思議である。私は蜘蛛の巣退治などには、おととしのブラウスを探

して羽織るが、女史はなぜ浴衣を脱ぎ捨てられたのだろう。彼女は男兄弟の末っ子で、火事だけんかだというときには、兄上たちはいつも裸で飛び出されたという。名門の生れで、兄上のなかには経済界で活躍されておいでの方もいる。

「その癖が出たのかな」

女史は小さな声でそう言われた。声を出すと笑えてくる。テレビ界の将来も、来し方行末もすっ飛んでしまった。こんなはずではなかったと思いながら、次の日を期待することにした。

おひるは旅館の賄《まかな》いに心付けを弾み、特製の幕の内弁当を作ってもらって、兼六公園の池のほとりで食べよ、というのが父のプランである。指図通りにしないと、帰ってからうるさいので、その通りにした。

兼六公園はみごとな庭園であった。初老や中年の男たちが、いやに沢山ウロウロしているのが気になったが、池には白鳥も浮かんでいる。豊かな気持でお弁当を開いたところ、箸が入っていない。案内係の手落ちである。早速、最寄りのお茶屋に駈け出そうとして気がついた。あちらの植込み、こちらの築山にトランシーバーを手にした機動隊員がひそんでいる。そういえば公園の入口に総理大臣演説会の看板が立っていた。挙動不審でとがめられるのもシャクなので、折詰の蓋を細く折って箸代りにして食べ始めたところ、白鳥が三羽スーと近寄ってきた。

白鳥は遠くにありて思うものである。

バレエの「白鳥の湖」で想像していたのとは大違いで、体も大きく肥っている。厚かましい態度で餌をせびるのである。投げてやると、エビの尻尾でもお多福豆の皮でも何でもござれ。一羽のごときは私達の足許に上陸して、膝頭を突つかんばかりに奇声をあげ催促する。

横の広場からは演説会の怒号。前には白鳥。うしろには黒衣の機動隊員。経木《きようぎ》の箸で食べる幕の内である。こんなはずではなかった、と思いながら、能登半島一周の車に乗り込んだのであった。

車は七尾を過ぎ、和倉に向っていた。右手に能登島が浮かんでいる。

「私の父方は代々能登島の網元だったのよ」

昨夜から胸にたまっていた話を始めたとたん、運転手がふり向いてこう言った。

「能登島は、昔、人殺しや泥棒が流されたとこだっていいますよ」

すこし耳の遠い人特有の、カン高い大声だった。

こんなはずではなかった。子供の頃から夢に見た能登めぐりは、心に沁《し》みる旅になるはずだった。だが、卯辰山や香林坊や犀川はどこかにけし飛んで、心に残るわが能州三景は、M女史ゴキブリ退治の図であり、数行の過雁《かがん》ならぬ意地の汚い白鳥であり、人殺しの子孫ときめつけられた能登島の眺めなのである。

「どうだった、能登は？」

勢い込んで聞く父の前で、私は大きな声で笑ってしまった。

「馬鹿！　何がおかしい」

昔と同じに父はどなっている。久しぶりに私は、上杉謙信の詩を思い出していた。

遮莫（さもあらばあれ）

おぼろげに意味は判っていたが、念のために辞書を引いてみた。「不本意であるが、そのとおりにして置こう」とある。いみじくもわが能登旅行の感想を言い当てていた。なお、この詩が上杉謙信の作というのは眉唾だという。

（別冊文芸春秋／1976・秋季号）

Bの二号さん

テレビのドラマを書くようになって、一番気が重いのは電話でスジの説明をすることであった。

「関係」「接吻」「情婦」「妊娠」

三十過ぎの売れ残りでも、親から見れば娘である。物堅い家の茶の間では絶対に発音しない言葉に、父はムッとして聞えない風をよそおい、母はドギマギして顔を赤らめている。

うちを出て「霞町マンションBの二」へ引越した時は、ほっとした。

徹夜で脚本を書き上げ、朝風呂に入って、好物の鰻重を頼み、ビールの小ビンをあける——親と一緒では絶対に出来なかったことをして浮かれていたのも、この頃である。

鰻屋の出前持ちは、十七、八の少年で、いつも「潮来笠」を歌いながら、マンションの階段を上って来た。世間では「こんにちは赤ちゃん」が流行っていたが、彼は「潮来の伊太郎」一本槍であった。

「本が多いね」

伊太郎は、部屋を覗き込みながら、親指を立ててみせた。

「やっぱし大学の先生かなんか？」

キョトンとしている私に、彼は、姉の身の上を心配する弟といった親身な顔でこう言った。

「もちっとかまった方がいいんじゃないの」

私はやっと気がついた。

〆切りの関係で、毎週土曜日につづけて鰻を取っている。そう言えば、出前を頼む電話の向うで、

「Bの二号さん、センマル一パイ！」

とどなる声が聞えていた。

色っぽい商売に間違えられたのは初めてなので、ムキになって否定はせずに置いたが、何となくきまりが悪く、土曜の鰻は、それきりになってしまった。

しばらくして来客があり、鰻を頼んだら、伊太郎がやって来た。誰かに聞いたらし

く、

「なんか書く人だってね」

耳のうしろを掻いて恐縮し、

「気持だから」

と紙にくるんだものを押しつけて逃げて行った。開けてみたら、粉山椒の三角の袋が三十ほど入っていた。

「二」という数字を好きになったのは、この頃からである。

私の父は苦学力行の人物で、子供の成績も一番でないと機嫌が悪かった。長女の私には特にきびしく、弟妹たちの手本であれ、と行儀を口やかましく言われて大きくなった。頭の中にいつも「一」という数字があった。賞められたさに私も張り切り、それに応えた時期もあったが、正直言って、「一」にうんざりしていたのだと思う。「気をつけ」より「休め」の方が、AよりBが気楽で人間らしい。いま一番嫌いな数字は「一」であり、好きなのは「二」である。残念ながら、二号さんと間違えられたのは、あれ一回きりであった。


（小説現代／1978・10）

ツルチック

三十二年前のことである。

その当時、私は小学校六年生で、四国の高松に住んでいた。父は保険会社の支店長をして居り、社宅は玉藻城のお濠に面していた。

初夏の頃だったと思う。出張から帰った父は、家族を茶の間に呼び集め、新聞紙でくるんだ一升瓶を取り出した。レッテルは貼ってなかった。父は自分で木の栓を抜き、濃い臙脂《えんじ》色の液体をコップに四分の一ずつ注ぎ分けた。母と祖母、私を頭に四人の子供が食卓を囲んで、じっと見つめた。母が薬缶《やかん》の水を加え、私たちはそれを飲んだ。

味は――覚えていない。しかし、世の中にこんなおいしい飲物があったのかと思った。父はその名前を「ツルチック」と教えてくれた。

このことはずっと忘れていた。

たまたま友人としゃべっていて、三年前に遊びに行ったアマゾンのイキトスという町で、カムカムの実で作ったジュースを飲んだ話になった。カムカムは、アマゾン河に自生する茶色の実だが、絞ると薄紅色の淡い酸味のある飲物が取れる。今までにあんなおいしいものは飲んだことがない――と言いかけて、突然三十二年前の記憶がよみがえったのである。

そうなると「ツルチック」が気になってきた。友人達に尋ねたが、聞いたことがないと言う。

「バルチック艦隊というのは知っているけどねえ」

「丹頂チックの間違いじゃないの」

成程、丹頂はツルだが、あんなもの飲めるわけないじゃないか。他人の思い出に、人はそうそう真面目につき合ってはくれない。

父は五年前に故人になっているので、母に電話で聞いてみた。横文字の苦手な六十七歳の母は、「ツルチック」という名前を何度も私に繰返させた挙句、記憶がないと言う。

「でも、お母さんも確かに飲んだのよ」

あの時、お母さんはセルの着物を着ていた。柄は藤色と黄色の縞だった。コップは来客用の六角になったカットグラスだったじゃないの——記憶のあやふやな分だけ、私はムキになっていた。当時、確かにその着物は着ていたし、コップも覚えがあるが、「ツルチック」は知らないと母も頑張る。

母は物覚えのいい人である。電話一本で、昭和初期の納豆売りの服装から竹輪の値段まで教えてくれるので、テレビドラマを書くのが商売の私は、随分と助かっている。その母に覚えがない、と言われたので、私の自信も少しぐらついた。そこで、事のついでに、その頃の、つまり三十二年前のほかのことを思い出してみた。幸い、父の転勤の関係で、高松には二年しか居なかったので、思い出し易い。

こんなこともあった。

夜、台所へ行くと、土間に下駄と木のごみ取りがプカンプカンと浮いていた。高松港が近いので、赤潮がお濠に流れ込み、床下浸水になったのだ。おかげで私の作っていた落花生の畑は全滅した。落花生には馬糞がいい、と父の会社の小使いさんが教えてくれたので、私は二階の勉強部屋から下の大通りを睨んでいて、荷馬車が通るとごみ取りを手に飛び出しては、湯気の立つ馬糞を拾って丹精したのだが……。その馬糞拾いの最中に、屠畜場へ運ばれる途中の豚が大挙逃げ出すのに出くわした。その中の一頭がうちの門の前で、二、三人の男をはね飛ばして大暴れをするのを見た記憶もある。

「そんなこともあったねえ」

懐かしそうな母の声が、電話の向うから返ってきた。私の記憶もそう不確かではない、となったところで、再度「ツルチック」を確かめたが、返事はやはり同じであった。弟や妹にも聞いたが駄目だった。

「ツルチック」――あれは一体何だったのだろう。子供も飲んだのだから、酒でないことは確かだ。色から考えて、ぶどうか苺の原液の一種と思うが、それ以上は見当がつかない。

とにかく私は飲んだのだ。味は忘れたが感動は覚えている。

私は何人かに「ツルチック」のことを尋ねた。その度に、三十二年前の記憶を繰返す破目になったが、話す度に少しずつ潤色《じゅんしょく》していることに気がついた。思い出に加筆修正するほど勿体ないことはない。

思い出にも鮮度がある。一瞬にして何十年かさかのぼり、パッと閃《ひらめ》く、版画で云えば一刷が一番正しく素晴しい。私の「ツルチック」も、古証文を書き直すように記憶の日付だけ書き改めて、判らないものは判らないままに、また記憶の底に仕舞い直そう。

（文芸春秋／1975・6）

続・ツルチック

一番はじめの電話がかかってきたのは、夜の八時である。初老と思われる男の声で、

「あなたの飲まれたツルチックは、本当にあったんですよ」と言われた。

ツルチックのことを書いた文芸春秋の発売日の前の晩であったので、私は咄嗟《とっさ》に何のことか判らず、ひと呼吸あってやっと意味がのみこめた。

見ず知らずの読者の方であったが、興奮を押さえようとしながらも弾む声で、

「自分は終戦前の何年かを朝鮮の羅南《らなん》というところで過したが、ツルチックはその土地だけで作られ売られていた飲物である。美しい色をした実においしいものだった。あなたの父上がどういう経路で手に入れられたものか知らないが、あなたの記憶通りです」

懐しいなあという溜息もまじえながら、当時の羅南のことを二十分ばかり話して下

さった。

これが嬉しい騒ぎのはじまりであった。

次の朝は七時半からひっきりなしの電話である。いずれも終戦前に北朝鮮に住んでいらした方で、ツルチックのことを教えて下さりながら、ソ連軍侵攻におびえた敗戦前後の有様、そのまま生き別れになった家族のこと、戦犯として捕えられ、現地で刑死した弟さんのことに言及され絶句される方、物資のない頃の結婚式の乾杯用にツルチックを用いたことなどを、こもごも語って下さった。体験談はいずれも心に沁みるものばかりであった。私は三十何年前の遠い記憶が間違っていなかった嬉しさより、そちらの方の重さと大きさに打たれていた。電話は最初の日だけで、二十本を越し、夜中の一時まで続いた。

三日目からは、手紙の束が、郵便箱の蓋がしまらぬほどふくれ上って配達されるようになった。御紹介させていただきたいものも沢山あるが、他人様の信書をみだりに公開するのは憚《はばか》りがある。右総代という形で、文芸春秋七月号の読者の頁「三人の卓子」に掲載された稲垣氏の一文を転載させて頂くことにする。


本誌六月号に掲載された向田邦子氏の「ツルチック」を読み、戦後三十数年たった今でも覚えていてくださったのかと感無量で思わず泪ぐんでしまいました。朝鮮語の音に従えば「ツルチュク」ですが、これは白頭山一帯でみられる学名を「クロマメの木」という高山植物です。木の高さは約五十センチ位で、白い小さな花が咲き、ちょうど山ブドウと同じ大きさでルビー色の実をつけます。その実を加工して滋強飲料として売り出したのが私の亡父です。

毎年八月頃に実を採集し、二、三年ねかせて発酵した原液を四斗樽に五十〜七十本ぐらい詰め、砂糖（白ザラ）を加えて濃度三十度の天然果汁を羅南で製造販売していました。

戦前は、朝鮮、満州、台湾そして日本でも販売し、白頭山特産品としてよろこんで頂いたのですが、終戦とともに内地に引揚げざるをえず、残念でなりませんでした。

終戦後、私は写真店を開業してどうにかやってきましたが、ふと気づくと何時のまにか還暦、いまはただ夢のような羅南時代を懐しんでおります。

（瀬戸市元稲垣日本堂店主　稲垣正次　六十二歳）

騒ぎは、一月半ほどにわたり、手紙は三百通を越えた。当時の羅南の街の地図、写真、ツルチック工場のスナップや瓶のレッテルも頂戴した。ツルチックのことを書いた自作の小説や歌集を送って下さった地方在住の作家の方もいらした。発売から二月目に入ると、ハワイやカリフォルニア、南米、シンガポール、韓国、中国からも同様の航空便が舞い込んだ。

長野県草津の、教職においでの方であったが、若い日、羅南で飲んだこの味が忘れられず、草津の山にクロマメの木が自生するのを幸い、似たものを作りましたと、実物をお届けいただいた。幼い日に飲んだものより、心持ち甘味がうすく、苦味があるようであったが、味は野趣に富み結構なものであった。

ふと心をよぎった思い出を書いた小さな文章が、思いがけないものを私に与えてくれた。正直いって、電話の応対で仕事どころではない日もあり、締切りをひかえてテレビ局への言訳に汗を掻いたこともあった。頂戴した手紙全部に礼状の書けない心苦しさが残ったが、行ったこともない小さな街羅南は、私にとって、ほかの異国の街とは違った響きを持つ場所になった。

数え切れないほど戴いた電話や手紙の中で、風変りなのがひとつあった。

夜の九時頃かかってきた電話である。物静かな中年の男性の声であった。

「自分の祖父が、大阪で誰かと合同でツルチックを売り出す会社を作ることになり、宣伝材料まで作ったが、途中で沙汰やみになってしまった。その時作ったツルチックの名前の入ったトランプで子供の頃遊んだ記憶があります。汚れていますが、送って差し上げましょう」

とおっしゃり「お互い忙しいのですから、私もなにも書きませんが、そちらも礼状など無用です」と細やかな心遣いをして下さる。

私の電話番号は、同業の川崎洋氏から聞きましたといわれるところをみると、この方も詩を書く方らしい。お名前を、と伺ったら、何やら電話の向うで聞えたが、お声が小さかったのか聞きとれない。聞き返すのも失礼にあたるのでお礼を申しあげて電話を切った。三、四日たって、いつものように郵便箱いっぱいに詰まった手紙を取りまとめて封を鋏で切り、端から読んでいたら、一通の封書から、白い便箋に包まれたトランプが一枚落ちてきた。当時としてはモダーンなデザインであろう。白地に黒で「ツルチュク」と描かれたジョーカーであった。子供らしい鉛筆のいたずら書きがあり、丹念に消しゴムで消した痕があった。電話で言われた通り、それだけであった。

封筒の裏をみたら、谷川俊太郎と書いてあった。

（単行本のための書下ろし／1979・10）

父の風船

いい年をして、いまだに宿題の夢を見る。

「英語の単語を因数分解で解け」という問題に、汗びっしょりでベッドにはね起きたこともあった。私は、テレビやラジオの脚本を書いて御飯を頂いているのだが、時間ギリギリまで遊んでしまう自制心のなさは、小学校一年のときから少しも変っていない。

「桃太郎サン」の全文をノートに書き写す宿題を朝になって思い出して、あたたかいお櫃《ひつ》の上でベソをかきかき書いたこともあった。そのせいか、今でも、桃太郎というと、炊きたてのご飯の匂いを思い出して困ってしまう。

一番印象に残っているのは、風船の宿題である。

あれは小学校何年のことだったろうか。

私は、紙風船を作る宿題が出来なくて、半泣きであった。

数学で、球形は沢山の楕円形から成り立っている、というようなことを習って、先生は例として紙風船を示していた。理数系統は大嫌いであったから、私は、窓から運動場を眺めることで時間をつぶした。そして、家へ帰って、ハタと当惑してしまったのである。

当時はまだ、質のいい高性能接着剤はなかったから、ひょろ長い楕円形の端と端を張り合せて、紙風船をつくることは至難の業《わざ》であった。あちらつければ、こちらがはがれる。遂に泣き出した私に、父は「もう寝ろ」とどなった。

朝起きた私は、食卓の上に紙風船がのっているのを発見した。

いびつで、ドタッとした、何とも不様《ぶざま》な紙風船であった。

「いろんなものを動員したあげく、やっと小さな薬缶《やかん》が型に合って出来たのよ。お父さんにありがとうを言いなさい」

母が口をそえた。父は怒ったような顔をして、ごはんを食べていた。

私は風船を大きな菓子袋の中に入れて、意気揚々と登校した。

ところが――風船を作ってきたのは私一人なのである。そんな宿題は出てはいなかったのだ。

その日帰って、私は嘘をついた。

「とてもよくできましたって、ほめられた……」

今にして思えば小賢《こざか》しいはなしだが、そういわなくてはいけないような気がしたのだろう。

「お父さんの風船」のはなしは、「邦子の盲腸とお父さんの駈けっこ」とならんで、よく話題にのぼった。これは、私が盲腸手術直後、女学校の編入試験をうけた前夜に父が見た夢のはなしなのである。

学科だけで体育は勘弁してもらうという約束だったのに、なぜか試験官は私にランニングを命じた。父は激怒して、代りに私が走ってもよろしいかと申し出て、ヨーイ・ドンでほかの女生徒とならんで走り出したところ、足がもつれて走れない。脂汗を流して、うなっているところを母に起された――というお粗末である。この二つのエピソードは頑固で気短かな父が、実は子煩悩である――というPR用に、好んで母が話していたようである。私は、ますます白状しそびれてしまった。

そして、この二月。父は突然六十四年の生涯を閉じた。死因は心不全。五分と苦しまず、せっかちな父らしい最期であった。

葬儀やら後始末やらが一段落してほっと一息ついたら、桜が散っていた。

今年は、春らしいものは、セーター一枚買わなかった。せめてスカーフでもと思って、二月ぶりに銀座へ出て、文明堂の前まできて、足がとまった。

そうだ。父は、いつか酔っぱらって、ドラ焼のはなしをしていたっけ。

若い時分に、酒に酔って、友人と二人、ドラ焼を沢山買いこんで、四丁目から銀座通りの店のガラス戸に、ドラ焼の皮を、ペタンペタンとはりつけて歩いたというのである。

やってみようかな、ふとそう思った。

一万円ほど、ドラ焼を買いこむ。いくつあるかな。皮は上下二枚だから倍になる。それを、和光のウインドーからはじめて――ペタンペタンとはってゆく。

道ゆく人は、気狂いと思うだろうか。

それとも、今はやりのハプニングと見るかしら？

何分ぐらいでお巡りさんがとんでくるか？

その前に、店の人が出てきて私は――「すみません、父の供養をしているんです」といったら許してくれるかな……他愛ない空想はこのへんで女店員さんの「いらっしゃいませ」の声で破られた。結局、私は何も買わずに歩き出していた。


（銀座百点／1969・6）

青い水たまり

泳がなくなってもう三年になるのに、泳ぐ夢は時々みる。おかしなことに、夢の中では実力以上に達者に泳いでいるし、水着姿も実物より格段にスマートのようだ。願望というか、うぬぼれは夢の中にまで及ぶものかと我ながらきまりが悪い。

水着には忘れられない思い出がある。

終戦の翌年のことだったと思う。女学校のプールに何年ぶりかで水が満たされることになった。待望のプール開きなのだが、クラスメートの半分は水着を持っていなかった。戦災や物々交換で、無用の衣類を持っているほうが不思議な時代であった。

困り切っていたら、友人が婦人雑誌の附録を貸してくれた。和服を更生した水着の作り方がのっている。私は、母に頼んで、セルの着物を無理してもらった。うすいグレーとベージュの格子縞で、今から思えばなかなか洒落た柄であった。型紙通りに、斜めにハサミを入れるのを、母は諦めきれない表情でみつめていた。

水着づくりは一日かかった。うす暗い四畳半に姿見をはこびこんで、障子をたてきり、弟妹たちに冷やかされながら、ひとりで何度も仮縫をした。今でこそチェックの水着は流行だが、その頃は無地か、せいぜい縞ものだったから、縫い上ると、薬屋に走って染料を買い、濃紺に染め上げた。七輪に洗面器をのせ、長い菜箸《さいばし》まで紺にそめて、やっと水着は出来上った。

さてプール開きの当日。

寸法の合わないお下りの水着の中で、私の水着はイイ線をいっていた。ところが、プールにとびこんでコースの半分ほど泳いだとき、私はただならぬ事態に気がついた。水着から無数の紺の糸が吹き出して、水に溶けてひろがっている。まるで墨イカであった。あわててプールサイドにたどりついて、這い上ったが、みるみるうちにももから足首にかけて紺にそまって、足許の白いコンクリートに青い水たまりが出来た。

プールサイドに鈴なりのクラスメートたちは、ひっくりかえって笑っていた。日頃敬愛していた体育のS先生も、水着のつくり方の載っている雑誌を貸してくれた張本人の親友まで、おなかをかかえて笑っている。しかたがないから私も笑ったけれど、本当は泣きたかった。爆弾でも落ちて、このまままみんなけし飛んでしまえばいい、とさえ思った。

原因は、あわて者の私が染め上りに色止めの酢を落すのを忘れたためだが、二、三日あとまで、足の爪の周りと、おへそに青い染料が残っていた。

それから何年か学生生活がつづいたが、就職して、ボーナスらしいものをもらったとき、私はその足で銀座にかけつけて水着を買った。「ルナ」のウインドーで、前から目をつけていたジャンセンの黒エラスティックの上等で、値段は四千五百円である。貧しいボーナスの全額であった。分に過ぎた買物と判っていたが、どうしても欲しかった。

「絶対に色は落ちないでしょうね」

くどいほど念を押してから包んでもらったことを覚えている。

水着といえばもうひとつ心に残ることがある。小学校三年の夏であったが、伊豆の今井浜の貸別荘で、父の友人のF家と二家族ですごしたことがある。

F家は、お母さんが病気とかでしな子ちゃんという小学校一年生の女の子とお父さんの二人だけであった。しな子ちゃんは、色の浅黒い人みしりをしない子で、「去年も海へ行ったのよ」と、海がはじめての私より、万事お姉さん気どりであった。彼女の水着は、黄色いウールで、黒い木綿のお粗末な私のより、数等上質なものだった。

ただ、何度も水をくぐったせいか、固く縮んで、特に胸のあたりは、よれて二本の縄になっていた。去年物議をかもしたトップレスといったほうが早い。しな子ちゃんは、遊びながらも、時々胸のあたりをひっぱっていた。

その夜の晩ごはんのとき、しな子ちゃんはおかずに文句をいってスネた。お父さんに、「そんなにグズるんなら、東京へお帰り」と叱られて、しな子ちゃんは涙をこぼしていたけれど、私はしな子ちゃんがなぜスネるのか、判るような気がしていた。

（銀座百点／1965・5）

娘の詫び状

どうしても今日のうちに白状しておかなくてはならないことがあって、母をコーヒーに誘った。

茶の間で喋ると話が辛気《しんき》くさくなる。明るい喫茶店なら、私も事務的に切り出せるし、母も涙をこぼしたり取り乱すことなしに受けとめてくれると思ったからである。

次の日になると、私の初めてのエッセイ集が発売になる。明治生れのわが父の短気横暴を中心に、子供の頃の暮しのあれこれをまとめたものだが、問題はあとがきであった。

三年前に乳癌を患ったが、母の心臓の具合のよくなかったことと、私自身思うところあって別の病名を言い、ごく内輪の者以外には表沙汰にしなかったこと。あまり長く生きられないような気がして、誰に宛てるともつかぬ呑気な遺言状のつもりで、これを書きました、などと述べているのである。

書いた直後にサラリと白状してしまえばよかったのだが、言おうとすると雨が降ってきたり——運動会ではないのだから雨が降ってもかまわないのだが、こういう話は天気のいい、母の機嫌のいい日に切り出したかった。というのは口実で嫌なことと締切を先にのばすのは、私の一番悪い癖なのである。

手頃な店を見つけ、向い合って坐った。

七十一歳の母はコーヒー好きで、いつものように山盛り三杯の砂糖を入れ、親戚の噂などを上機嫌で話している。うわの空で相鎚を打っているうちに、二人ともコーヒーを飲んでしまった。もう言うしかない。

「三年前のあれね、実は癌だったのよ」

一呼吸置いて、母はいつもの顔といつもの声でこう言った。

「そうだろうと思ってたよ」

また一呼吸置いて、少しいたずらっぽい口調で、お前がいつ言い出すかと思っていた、とつけ加えた。

私は古いタイヤから空気が洩れるような溜息をついてしまった。

この三年、母とは別に住んでいたこともあり、私は完璧に騙したと思っていた。ことさら元気そうに振舞ったせいか、医学雑誌から健康の秘訣を語る座談会に出て欲しいと言われたこともあった。

母は手術直後の弟の声で判ったという。あの子がああいう声を出すからには、只事ではないな、と思ったというのである。水のお代りを頼みながら、私は、思わず声に出てしまった弟の情を嬉しいと思い、三年間、ただのひとことも、病気について探りを入れずにいてくれた母を凄いと思った。母の方が役者が上であった。騙したと思っていた私が、実はみごとに騙されていたのである。

本が店頭に並んだ直後から、わが家の電話のベルが頻繁に鳴るようになった。古い友人達が、本で私の病気を知り、水臭いと腹を立てている。見ず知らずの同病の方、××エキス、宗教団体からのものもあった。これから伺いますというのもあり、私はお礼とお詫びに汗をかいた。

一番多かったのは、「うちの父と同じ」という声であった。

人一倍情が濃い癖に、不器用で家族にやさしい言葉をかけることが出来ず、なにかというと怒鳴り手を上げる父親が、かなりの数で世間様にもいたのである。自分には寛大、妻にはきびしい身勝手な夫が、威張っている癖に自分一人では頭ひとつ洗えない夫が、ほかにもおいでになったのである。

見ず知らずの方が、電話の向うで、一時間にわたって自分の父親を熱っぽく、時にはうるんだ声で語って下さったこともあった。始めの二、三日は私も感動して伺ったのだが、折悪しく本職のテレビドラマの締切とぶつかり、催促するプロデューサーの声が切迫するようになってからは電話番号を伺い、いずれ、ということでお詫びして切らせて戴いた。同様の手紙も沢山頂戴した。

「自分は三十代の父親だが、娘が将来、私のことをもし活字にした場合、どういう風に書くのかと思うと索漠《さくばく》たる思いがする。あなたの父上のようにブン殴った方がいいのだろうか」

とたずねられ、返答に窮したこともあった。

お世辞半分であろうが、他人様にはいい父、いい家族とうつるらしく、父上のご存命中、一緒に酒を飲みたかったと書いて下すった方、母上によろしく、ご弟妹にお目にかかりたいという声も随分と沢山あった。

ところが、わが家族は、ことのほかご機嫌が悪いのである。

何様でもあるまいし、家の中のみっともないことを書かれて、きまりが悪くてかなわないというのである。ここで退いては商売に差し支えるので、尊敬する先輩方のエッセイを例にひいて抗弁したのだが、そういう方のご家族もみなかげでは泣いておられると反撃され、結局二度とこういう真似は致しません、と謝った。とにかく去年の暮から今年のお正月にかけては謝ってばかりいた。『父の詫び状』という題名が悪かったのかも知れない。

（文芸春秋／1979・3）

猫自慢

「コラット」と呼ばれるブルー・グレイの猫を飼い始めて三年になる。別に宣伝をしたわけでもないのだが、最近のペット・ブームとやらの影響か、ときどきお座敷がかかるようになった。「またですか。いい加減に切りあげてくださいよ」担当している連続ドラマのプロデューサー氏は渋い顔でおっしゃるが、飼主は朝から大浮かれである。

美容院にゆき（猫の美容院はないからこれは飼主が行く）、自慢の壺に花を活け（これも関係ないのだが）わが飼猫たちが一番美しく見えるよう、黒のセーターなど着用に及んで、カメラマン氏の到着をお待ちする。玄関には、猫トイレの臭気をごまかす香を焚くことも忘れない。

そして一時間から二時間、私は「猫釣り」に汗をかく。カメラマン氏の御要望通り、猫の目線を斜め上に向けるため、毛糸の玉やスカーフを手に「ほーらほら、いい子だろ」「馬鹿！　目をあけなさい。どうしてこんな時に寝ちゃうの」「あとでご馳走やるからな」「お尻なんかなめないの！」――おへそ丸出しのたこ踊りを演じるのである。終ると、飼主飼猫共にぐったりと疲れて、ソファで折り重なって昼寝ということになるので、まず半日はつぶれてしまう。それでなくても遅い原稿はさらにおくれて、テレビ局に迷惑をかける。もちろん、お礼など一文も戴けない。さらにわが猫の掲載誌が発売になるとコラットの子供がもらわれて行った友人たちの家に電話してまたひと騒ぎ――我ながら、お恥かしい。

「コラット」を初めて見たのは三年前である。アンコール・ワット見物の帰り、バンコックに寄り、シャム猫協会会長クン・イン・アブビバル・ラジャマートリ夫人宅を訪問したのが、思えば運の尽きであった。熱帯の芝生の上をころげ廻って遊ぶ銀色の猫を見て「感電」してしまったのである。あとはタイ式の合掌とエア・メールで押しの一手、あまたのアメリカ人のライバルを蹴落して、十ヵ月目に生後三ヵ月のコラットの雌雄をゆずり受けた。

雄はマハシャイ（タイ語で伯爵）の称号を持ち名前はマミオ。雌はやや小柄な美女でチッキイ夫人という。そもそもコラットは、タイの東北ラオスに近いコラット高原が原産地で、古くから銀猫と呼ばれ、王妃の結婚祝いの引出物に使われるそうだが、そんなことはどうでもいい。

私が気に入っているのは、コラットののんびりした性格と、あまり上品とは申しかねるしぐさである。特にわが伯爵殿は、堂々たる体格と美しい毛並、五代つづいた完全無欠の血統書を持ちながら、煮干を好み、気に入らぬ相手を見れば、太く長い前足で横っ面を張る（いつぞやは獣医さんをブン殴り、夜中の二時に送り返されたこともあった）。女房には頭が上らぬくせに粗野で好色で、そのくせ、強い動物特有のやさしさがある――まあ、つまり私としては惚《ほ》れているのである。

結婚は一年に一度か二度。先日は「沖縄の本土復帰恩赦」と称して、夫妻に二ヵ月間の同居を許可した。生きるものの自由な生活を束縛するのは決して本意ではないのだが、何しろ我が伯爵殿は「増やす」ことよりほかにすることはないのだから、飼主としてはたまらない。

私とて、銀色のオハギのような仔猫を抱かせて戴きたいのはやまやまなのだが、出産育児につい専念してしまって、原稿生産量はとたんに低下する。生活苦におちいり税金も払えないでは、人畜共倒れであるから、仕事のあい間を見ての計画出産になるのはやむを得ない。それでも、すでに二十二匹のコラットが誕生、同業では松田暢子、北村篤子両嬢のところへ養女に行き、時折、深夜の電話で、互いに我家の猫ののろけを言い合っている。

「なぜ猫を飼うのですか」とよく聞かれる。これは「なぜ結婚しないのですか」という質問同様、正確に答えるのはむつかしい。実は、私自身、理由が判らないからである。「ただ何となく」そして、猫には何故か縁があったが、人間の男には、何故か縁が薄かった、ということなのだろう。

一つだけはっきりしているのは、これは人間とのつきあいにしても同じことだろうが、馴染めば馴染むほど判らないということだ。恐ろしくカンが鋭くて視線ひとつで、こちらの心理の先廻りをするかと思うと、まぎれもなく野獣だな、と思い知らされたりもする。甘えあって暮しながら、油断は出来ない、その兼ねあいが面白い。

私の家には、目下、コラット夫妻のほかに十一歳のシャム猫が一匹いる。「伽俚伽」とよぶ雌だが、これは想像妊娠を一回しただけで、数回の結婚生活にもかかわらず、ついにうまず女《め》で終ってしまった。そのせいか、性格的に偏屈で、私にしか馴つかない。やり切れないが正直いって悪い気はしない。ところが、これは、大きな声ではいえないが、私はこの頃とみに雄のマミオ伯爵を愛しているのである。そのことを、ほかの二匹に覚られないように、餌をやる順序、好ききらいや量の多少など、気をくばっているが、おそらく彼女たちは、私の心中を見抜いているに違いない。だから、私は火事や地震があると、猫部屋へいって演説をする。「一匹しか助けられなかったら、先着順だよ。伽俚伽一匹だけ抱えて逃げるから恨んじゃいけないよ」。もちろん声に出してはいわない。心の中で演説するのである。しかし、机に向って、仕事をはじめても、どうも落ち着かない。そこで再び猫部屋へもどって、また、演説をやり直す。「お前たち、誰も助けないことにしたからね。ドアをあけてやるから、自力で逃げな。判ったね」。三匹の猫は、人を小馬鹿にしたようにうす目をあけ、ながながと手足をのばして、大きく伸びをするのである。

（婦人公論／1973・2）

六十グラムの猫

とにかく小さかった。

頭はラディッシュの大きさしかない。手足は朝顔の蔓である。コラットという銀色の猫の仔なのだが、一胎《ひとはら》二匹のきょうだいが片手に乗る。普通の仔猫の半分の未熟児である。目方を計ったら六十グラムしかなかった。

卵一個が五十グラム。魚の切身だって百グラムはある。白っぽい方は雄、黒っぽい方は雌。五体は満足らしいが、なき声も弱々しい。

私はＮＨＫの和田勉氏に電話をした。和田氏のところには、すでに雄が一匹行っている。摩訶《まか》と名づけられ、もう一匹雌を差し上げ、蜜多《みった》とつけて、摩訶般若波羅蜜多――つまり般若心経にしようということになっていたのである。

蜜多候補が生れたけれど、獣医さんにも見放され育つのはむつかしい、と報告していたら、急に何とかして助けたいという気になった。

母猫のおっぱいが出ないので、エスビラックという哺乳動物専用のミルクを溶かし、人肌にあたためて飲ませるのだが、何しろラディッシュの頭である。リカちゃん人形の哺乳壜でも大きすぎて駄目。ボールペン用の極細スポイトを探してどうやら間に合った。次が保温である。

動物というのは実にきびしいもので、育つ見込みのない弱い仔を母親は育てようとしない。カチビったおっぱいにしがみつく仔猫を振り落すように立ち上り産室を出ていってしまう。

ペット用の保温器を用意したが、電気は水分を奪うらしく、みるみる干からびてゆく。そこでタッパー・ウエアの平たいのにお湯を入れ、ハンカチを置いてその上にのせてあたためた。

授乳が三時間おき。

タッパーは二時間も保たない。

一週間、私はベッドで寝なかった。猫の未熟児を育てるから、締切りを伸ばして下さいとは言えないので、母が急病ということにした。

「お前達は世界で一番小さい猫だよ」

といいながら、祈るような気持で一日に何度も目方を計っていた。

一週間目に、白いほうは一グラムも目方が増えないままで冷たくなった。黒い蜜多候補の方は百二十グラムに増え目が開いた。飼主の方は三キロ目方が減り、目がくぼんでいた。

蜜多は二月目に和田家へお嫁入りした。

死線を越えたせいかおそろしく生命力が強く、妙に人間臭い猫である。風呂好きで、入浴をせがみ、湯上りには自分から専用の電気毛布にくるまって体を乾かす。けんかも強く、ちゃっかりしているそうだ。

八ヵ月目に蜜多が母親になったと聞いた時は、不覚にも電話口で涙がこぼれた。

蜜多は名前がよかったのだろう。

あれから四年たつが、今でもコロッケや雀の焼とりを食べていて、

「この位の重さしかなかったんだなあ」

と思うことがある。掌に残る六十グラムの目方と、あの時のムキになった自分を懐かしく思い出すのである。

（別冊小説新潮／１９７７・春季号）

マハシャイ・マミオ殿

偏食・好色・内弁慶・小心・テレ屋・甘ったれ・新しもの好き・体裁屋・嘘つき・凝り性・怠け者・女房自慢・癇癪《かんしゃく》持ち・自信過剰・健忘症・医者嫌い・風呂嫌い・尊大・気まぐれ・オッチョコチョイ……。

きりがないからやめますが、貴男はまことに男の中の男であります。

私はそこに惚れているのです。

（週刊読売／1978・2・11）

隣りの犬

霞町のアパートに住んでいた時分、近所の雄猫と知り合いになった。五歳位の大ぶりの白猫で、首輪には鈴の代りにゴムの乳首を下げており、三太だか三太郎だか忘れたがそのての名前と電話番号が達筆で書いてあった。

威張っている癖に甘ったれで、声をかけると塀の上からドサリと飛び下り、喧嘩を売るように体をぶつけたりでんぐり返りを打ったりする。じゃれている最中に、ふと他人に媚態を示す己れに気づくのか、

「俺としたことが」

という風に急に態度を変え、殊更《ことさら》様子をつくって傲然《ごうぜん》と立ち去ることもあったが、何しろぶら下げているのが乳首だから、おかしくて仕方がない。出がけにこの猫に逢うと、今日一日いいことがありそうで心が弾んだものだった。

自分のところで犬や猫を飼っていながら、よその犬や猫を可愛がるのは、多少うし

ろめたいところがある。「伽俚伽」（私の飼猫の名前）にすまない、と思いながら、十四寄れば十四違う面白さを味わうのはひそやかな楽しみで、浮気をする男の気持が判ったような気がした。

　七年の間に、近所の犬猫とは大方昵懇《じっこん》になったが、隣りの犬だけは駄目だった。見栄えのしない茶色の雑種で、庭の隅の木につながれていた。垣根越しに手を出すと、痩せた体を丸め、艶のないそそけ立った毛を逆立てて吠えた。餌は饐《す》えて蠅がたかり空缶には水の入ってないことが多かった。

　隣りの家はかなり大きなしもた家で、役所関係の、寮というのだろうか、宴会を引き受けているらしかった。昼間は人声もしないが、日が暮れると座敷に灯がともり、酔った男たちのざわめきが聞えた。犬は宴会が終るまで餌を与えられないと見え、軍歌や手拍子にまじって、クンクンと鼻をならすのが聞えていた。

　こんなことが二年もつづいたろうか。

　突然家族が夜逃げをしてしまったのである。勘定を踏み倒された出入りの商人が、肉屋は冷蔵庫、酒屋はテレビという具合に家財道具を運び去り、残ったのは強制執行の札を貼った古い家と犬だけであった。

　犬はつながれたまま、庭にほうり出された床の抜けた畳の上に坐っていた。狂ったように昼も夜も泣きつづけた。近所から安眠妨害の声が出たのか、一週間目に保健所へ連れてゆかれることになった。

その朝、私は鰺を焼き、牛乳と一緒に垣根の奥に棒で押し込んだ。犬はいつもより更に激しく吠え立てた。夕方、用達から戻った時、畳の上に犬の姿はなく、鰺は親骨だけが残っていた。私は、この犬の名前を知らなかった。名前を呼ばれ可愛がられるのを一度も見たことがなかった。

私は友人達を電話で呼び出し、六本木でお酒を飲んで騒いだ。犬の話はしなかったが、騒いでいるうちに無闇に腹が立ち、つまらないことで人に突っかかって、悪いお酒になってしまった。

（家庭画報／1977・7）

犬の銀行

向田鉄。

こう書くと、まるで私の弟みたいだが、レッキとした犬の名前である。甲斐狛《かいこま》と呼ばれる中型の日本犬で、美しい栗色の毛並をしていた。二十代の中頃、ほんの十ヵ月ばかりの短いつきあいだったが、この犬は私にいろいろなことを教えてくれた。

貰われてきた時は、コッペパンぐらいの仔犬だった。

うち中が、まわりに集まって可愛いい、可愛いいと大騒ぎをしたのだが、仔犬の顔をのぞきこもうとすると、畳に腹這いにならなくては駄目である。よく顔が見えるようにと踏み台の上にのっけて、あっち向け、こっち向いて頂戴とやったら、びっくりして墜落し、前肢を脱臼してしまった。

セーターの下に抱いて、獣医さんところへ飛んでいった。

「名前は」

と聞かれたので、

「向田鉄です」

と答えたら、初老の先生は、フフと笑って、

「苗字があるのか。凄いねえ」

といわれた。

鉄は割箸の副《そ》え木を当てられて、しばらくはびっこを引いていたが、やがて元気に走り廻るようになった。当時は、犬を放し飼いにしてもさほどやかましいことを言われない時代だったし、住まいも郊外だったので、鉄は近所の鶏小屋をのぞいて鼻先を突っつかれたり、竹林でたけのこ掘りの邪魔をしたりしながら、みるみる大きく育っていった。

彼の趣味はいたずらとコレクションであった。

庭の藤棚の下に犬小屋があったが、その横でよく穴掘りをしている姿を見た。あちこちからくわえてきたものを、そこに埋めているらしかった。鉄が近所の犬と連れ立って遠出をしている間に、彼のコレクションを拝見することにした。

穴は思ったより深かった。そして、実に雑多なものが、出てきた。

子供の運動靴。スリッパ。男物靴下（いずれも片方）。古びた歯ブラシ。ビールの

栓。たわし。魚の頭。牛骨。洗濯ばさみ。どういうつもりかガラスのないめがねの枠まで埋まっていた。手を泥だらけにして掘っている私のお尻を誰かが突つく。見ると鉄が帰ってきて、頭で押しているのである。

「お前は近眼かい」

私は、眼鏡の泥をはらって彼にかけてやった。鉄は嫌がって振り落すと、前肢を地面に投げ出すようにしてお尻をあげて吠えた。嬉しい時のしぐさである。

　裏の畑でポチがなく
　正直じいさん掘ったれば
　大判小判がザックザクザックザク

子供の頃、祖母に習った「花咲じいさん」の歌を久しぶりに私は思い出した。

大判小判ではないが、これは、犬の銀行なのである。野生の動物は、獲物を地中に埋めて貯わえる。人間に飼われ、毎日の餌に事欠かなくなっても、体の中に眠る血が先祖と同じ動作をさせるのであろう。掘り出したものを、もと通り埋めてやりながら貯わえるのは生きるものの自然の姿かな、と考えてしまった。

当時、私は貯金がなかった。

そもそも通帳というものを持っていないのだから貯金のしようもなかったのだ。三代目の江戸っ子で、宵越しのゼニは持たない主義であった。サラリーが安いこともあって、半端に貯金するくらいなら、自分自身にもとでをかけたほうがあとになって得なのよ。と、利《き》いた風なことを言って、遊ぶほうに忙しかったのだ。

犬のコレクションを見たから、その気になったというわけでもないが、そのあとで、私は母から使わない三文判をもらい、初めて自分の名前の預金通帳を作った。日本橋の銀行だった。

真新しい通帳をハンドバッグに入れておもてへ出た時の気持のたかぶりは、今もはっきり覚えている。道ゆく人が皆、私を注目しているような晴れがましい気分だった。

「私は預金があるのよ」

と言いたいような、一人前になったような気分だった。

そのあと東京駅から中央線で新宿へ出たのだが、その車中で私は前に腰かけている人を順に眺めながら、失礼な想像をしていた。

あの人は、いくら預金を持っているかしら。

小汚ないなりをしているけれど、ああいう人は案外、小金を持っているもんなのよ。

隣りの学生――あ、これは、ないな。あるとすれば下宿のおばさんに借金だわ。次の満艦飾の若いおねえさん。これもなし。いや、あるかな、あるとすれば――想像というのは、どんな失礼なことを考えても人さまに判らないからおかしい。つい昨日までの自分を棚に上げて、私は降りるまでひそやかに楽しく、時間をつぶした。

『放浪記』の林芙美子女史は、電車に乗ると、まわりを見廻して、いまこの瞬間事故にあったら、どの男の手を取って逃げようかと空想したそうだが、甲斐性も度胸もない私は、ひとさまの懐工合を想像したのだった。

ところで、私に貯金のキッカケを作ってくれた鉄だが、彼はジステンパーにかかり、十ヵ月で死んでしまった。かたわになってもいいから生かして下さい、と獣医さんに頼み、強い薬も使って頂いたのだが、助からなかった。意識がほとんど無くなっているのに、名前を呼ぶと尻尾を振り、力無く私の手をなめたのが哀れだった。

私は、日本橋の銀行へいって貯金をおろし、深大寺に動物慰霊塔の権利を買った。鉄のお墓である。

彼のなきがらを係員が取りにくる日、私は百合の花を沢山買って棺の中に入れた。日本犬なので、口吻《こうふん》が黒くとがっている。その形が百合に似ていたからだ。ところが一緒に見送ってくれるとばかり思っていた母が、デパートへ買物にゆくという。案外薄情なものだ、と少し腹を立てながら、一人で鉄の見送りをした。主のいない犬小屋は、見るのも辛かった。

夕方、母が帰ってきた。目が赤く腫れている。

「辛くていられないから、デパート中歩きながら泣いていたのよ」

という。また涙がこぼれた。

鉄が死んでからかれこれ二十年経つというのに、栗色の日本犬を見かけると、ハッとして足をとめる癖は直らない。

そして預金通帳のほうは、減ったかと思うとまた少し殖え、殖えたかと思えばまた減って相変らずの低空飛行をつづけながらつづいている。このところご無沙汰してい るが、また百合の花でも買って、深大寺へお墓詣りにいってみようかと思っている。

（ふれんど／1976・11）

味醂干し

味醂《みりん》干しと書くと泣きたくなる。

懐しさと腹立たしさと、涙の味はふたつである。

子供の頃、父が出張したり宴会で遅くなったりして居ない女子供だけの食卓に、よく味醂干しのおかずがついた。

ねずみ色の着物を着て、手拭いを姐様かぶりにした祖母が七輪をうちわであおいでいる。うちわは八百屋ので、白地に下手な茄子やきゅうりが描いてあり、端が焼け焦げていた。そのそばで、幼い私が味醂干しをはがしている。横に三匹、縦に三匹。味醂でペタリとはりついたしっぽを取らないようにはがすのだが、手がすぐにベタベタになり、洋服にこすりつけてはよく叱られた。

茶の間からは母が膳立てをする音が聞えている。祖母は網の上でそっくりかえる味醂干しを白地に藍の印判手《いんばんて》の皿にのせ、五、六匹まとまると、私を茶の間へせき立てた。

　受取る母は、白い割烹着で、赤くふくらんであかぎれの切れた手をしていた。腕のところに輪ゴムをはめていることもあった。輪ゴムは当時は貴重品だったのだろうか。二度三度と台所と茶の間を往復して、祖母と私はいつも食卓につくのはビリだったが、その代り、口に入れると、ジュウと音のするアツアツの味醂干しを食べることが出来た。

　あれは本当においしかった。

　今から四十年も昔のはなしで、今ほど食生活が豊かでなかったせいもあるだろう。日頃は口叱言《こごと》の多い父のいない気安さもあった。私の人生の中で一番小さな家に住み、父の月給の安さ、子供の多さ、母のやりくりの苦労が判りはじめた年頃だったことも手伝って、味醂干しには、子供時代のアルバムをめくる懐しさがある。

　あの匂いを思い出すと、その頃住んでいた借家の間取りや食卓の六角形のガラスの醤油注ぎや自分の使っていた御飯茶碗の模様が目の底によみがえってくる。

　だから、時々は味醂干しを食べたいのだが、この頃の堕落ぶりはどういうことなのだろう。あれはもう味醂干しではない。

　昔ながらにサザンが九匹並んで、白胡麻がパラリとかかった形は同じだが、味が違う。匂いもそっけない。第一、ツヤを出すためかアラビアゴム糊でも薄く引いたのかと疑いたくなるような、ビニールパックをした顔のように、いやにテカテカ光っているのも気に入らない。固く突っぱって小意地が悪いのである。

「マイワシが高いからねえ。冷凍のカタクチイワシ使って合成品の味醂使って作ってンだ。うめえわけねえや」

と魚屋のおやじさんも腹を立てている。二人ならんで怒っていてもラチがあかないので自分で作ることにした。

福知千代女史の『つけもの・常備菜』(文化出版局刊)百ページのあじのみりん干しの項を参考に、小イワシのいきのいいのが入った時に試みたのだが、マンション暮しの悲しさで、ベランダに干すしかない。ところが我が家の隣人はアメリカ大使館勤務の技術者で、デッキチェアで陽なたぼっこに出てきては、どうも匂いを気にしているのである。国際問題に発展したら大変だと、風呂場に移し、電気メーカーからお中元にもらった化粧用の小型扇風機を使って乾かしたのだが、あまりぶっつづけに廻したせいか、扇風機はこわれるわ、風呂場は味醂干し臭くなるわで、お味はなかなか結構だったものの、一回であきらめざるを得なかった。

私の味醂干し狂いを知っている友人達はよく各地のを届けて下さる。魚河岸のどこそこ。稲村ケ崎の何とか魚店。みなそれぞれおいしかったが、私が一番感動したのは、たしか塩釜の、なんとかいう魚屋のものだった。

昔なつかしい濡れた味醂干しなのである。

ベッタリと濃い焦茶色に漬かった大き目のイワシが作法通り九匹ならんでいるのだが、包み紙にじっとり漬け汁が滲み出るほど濡れている。包み紙も、派手派手しい赤や青で、あまり上品とは申しかねる図柄なのも嬉しかった。味醂干しは、これなのだ。見るからに安そうで気のおけないところが身上なのだ。何とかしてコネをつけて送って戴こうと、大事に包み紙を取っておいたのだが、生れつきの整理整頓の悪さで、どこかへまぎれこみ、口惜しい思いをしている。

裏切られると判っていても、私は時々味醂干しを買う。街にとうふ屋のラッパの聞える夕暮れ時——実は今どき東京の青山でとうふ屋のラッパは滅多に聞こえない。しかし、私のイメージの夕暮れには、とうふ屋のラッパが鳴るのである。買物かごを抱えてごった返す小さい魚屋や漬け物屋で味醂干しを買う。

懐石は「枡半《ますはん》」がいい、洋食は「アリタリア」がおいしいと利いた風な口を利き、それも本当なのだが、本音を吐けばこれはよそゆきで、普段着の姿はオムレツにソースをかけて食べ、精進揚げの残ったのを甘からく煮つけたのが大好きなのである。気取ったことを言ったところで、お前の出性《でしよう》は味醂干しだぞという声が天の一角から聞えるような気がするのである。

（ミセス／1977・12）

幻のソース

よそでおいしいものを頂いて、「うむ、この味は絶対に真似して見せるぞ」という時、私は必ず決った姿勢を取ることにしています。

全身の力を抜き、右手を右のこめかみに軽く当てて目を閉じます。レストランのざわめきも音楽も、同席している友人達の会話もみな消えて、私は闇の中にひとり坐って、無念無想でそのものを味わっているというつもりになるのです。

どういうわけか、この時、全神経がビー玉ほどの大きさになって、右目の奥にスウッと集まるような気がすると、「この味は覚えたぞ」ということになります。

名人上手の創った味を覚え、盗み、記憶して、忘れないうちに自分で再現して見る――これが私の料理のお稽古なのです。

「頭でも痛いのですか」

知らない方はこう心配されます。私はロダンの〝考える人〟か目を閉じて指揮をするカラヤンのつもりですが、口の悪い友人は、座頭市とメシを食っているようだと申します。どうも時々白目を出すらしいのです。言いたい人間には言わせて置け。楽譜もなければ方程式もない〝味〟を覚えようというのです。格好をかまってはいられません。

このやり方で、私は若竹椀や沢煮椀、醬油ドレッシングやにんにく玉子などの料理をわがレパートリーに加えることが出来ました。大抵の料理は、ちょっとしたコツを板前さんに聞く程度で、何とか近い味を再現出来たのですが、ただひとつ、どこからどう取りついたらいいのか途方に暮れた味がありました。

五年ほど前にパリで食べたペッパー・ステーキにかかっていたソースです。オペラ座の前の地下にある小ぢんまりした店で、アマリア・ロドリゲスのファドを聴いた時のディナーに出たものでした。

茶褐色のコクのあるソースは、重い凄味のある味で私を圧倒しました。私の四十何年かの食の歴史で初めて出逢った味でした。何と何をどうして作ったのか見当もつかないままに、私はいつものように右手をこめかみに当て、味を覚えようと目を閉じました。

舞台では、黒いドレスのアマリア・ロドリゲスが、その頃パリで流行り始めていた

「オ・シャンゼリゼ」の歌唱指導をしています。あまり大きい声で歌うと、覚えた味を忘れそうなので小さな声で唱和しました。帰りの飛行機の中でも度々、覚えた味を反芻《はんすう》しながら、ご一緒した澤地久枝女史に、日本へ帰ったら同じものを作ってご馳走するわねと約束しました。さあ、こうなったら後へは引けません。

東京に着いて時差ボケが直るとすぐ、私はフランス料理の本をめくり、辻静雄著『たのしいフランス料理』の中に、このソースの作り方が出ていることをつきとめました。

正式の名前はグラス・ド・ヴァインド（濃く煮つめた肉汁）でした。材料表を見、作り方を読んで、腰が抜けそうになりました。出来上り五リットルとして、牛のスネ肉三キロ、仔牛のスネ肉二キロ、仔牛の骨一キロ、バター二百グラム、にんじん、玉葱、ポロ葱二百グラム、セロリ七十グラム、ブーケ・ガルニ、ニンニク一個、粒胡椒十粒、丁子一本、水八リットル、塩十五グラム――。

これを、砕き、叩き、順に重ね、いため、沸騰させ、火を弱め、放置して汗をかかせ、五時間煮つめ、強火であおって壁を作り、とろ火にして、骨に汁をそそぎかけてぬらし、また三時間煮つめて溶かし、あくを取り、脂をすくい、裏ごしして、また水を加えて数時間煮て――きりがないのでやめますが、とにかく、十数時間かかるのです。

私は作りました。

汗だくだくの一日の終りに、小鍋いっぱいの茶色いジェリーのもとのようなソースが出来たのです。早速ペッパー・ステーキを作り、右手をこめかみにあてがい目を閉じ、ビー玉を右目の奥に寄せて味わって見ました。似ています。「オ・シャンゼリゼ」です。

すぐ澤地久枝女史に電話して成功を告げ、植田いつ子女史も誘って近々に試食会を開きましょうと大きく出たのですが、残念ながらこれは実現しませんでした。毎週一回来てくれるお手伝いが、傷んだ煮凝《にこご》りと間違えて捨ててしまったのです。パリで食べたあの味もたった一回しか味わえなかったわが幻のソースの味も、日に日に遠いものになっていますが、あの日の苦労がこたえたのでしょう、フランス料理のソースは残さずパンで拭って食べる習慣が身につきました。

（ミセス／1978・2）

水羊羹

私は、テレビの脚本を書いて身すぎ世すぎをしている売れのこりの女の子（？）でありますが、脚本家というタイトルよりも、味醂干し評論家、または水羊羹《みずようかん》評論家というほうがふさわしいのではないかと思っております。今日は水羊羹についてウンチクの一端を述べることに致しましょう。

まず水羊羹の命は切口と角であります。

宮本武蔵か眠狂四郎が、スパッと水を切ったらこうもなろうかというような鋭い切口と、それこそ手の切れそうなとがった角がなくては、水羊羹といえないのです。

水羊羹は、桜の葉っぱの座ぶとんを敷いていますが、うす緑とうす墨色の取合わせや、ほのかにうつる桜の匂いなどの効用のほかに、水羊羹を器に移すときのことも考えられているのです。つまり、下の桜のおザブを引っぱって移動させれば、水羊羹が崩れなくてもすむという、昔ながらの「おもんぱかり」があるのです。

水羊羹は江戸っ子のお金と同じです。宵越しをさせてはいけません。傷みはしませんが、「しわ」が寄るのです。表面に水気が滲み出てしまって、水っぽくなります。水っぽい水羊羹はクリープを入れないコーヒーよりも始末に悪いのです。

固い水羊羹。

これも下品でいけません。色も黒すぎては困ります。

小学生の頃、お習字の時間に、「お花墨」という墨を使っていました。どういうわけか墨を濃くするのが子供の間に流行って、杉の葉っぱを一緒にすると、ドロドロになって墨が濃くなるというので、先生の目を盗んでやっていましたが、今考えてみますと、何も判っていなかったんだなと思います。墨色の美しさは、水羊羹のうす墨の色にあるのです。はかなくて、もののあわれがあります。

水羊羹は、ふたつ食べるものではありません。口あたりがいいものですから、つい手がのびかけますが、歯を食いしばって、一度にひとつで我慢しなくてはいけないのです。水羊羹を四つ食った、なんて威張るのは馬鹿です。その代り、その「ひとつ」を大事にしましょうよ。

心を静めて、香りの高い新茶を丁寧にいれます。私は水羊羹の季節になると白磁のそばちょくに、京根来《ねごろ》の茶托を出します。水羊羹は、素朴な薩摩硝子の皿か小山岑一さん作の少しピンクを帯びた肌色に縁だけ甘い水色の和蘭陀手の取皿を使っています。

水羊羹と羊羹の区別がつかない男の子には、水羊羹を食べさせてはいけません。そういう野郎には、パチンコ屋の景品棚にならんでいる、外箱だけは大きいけど、ボール紙で着ぶくれて、中身は細くて小さいいやにテカテカ光った、安ものの羊羹をあてがって置けばいいのです。

ここまで神経を使ったのですから、ライティングにも気を配ろうじゃありませんか。蛍光灯の下で食べたのでは水羊羹が可哀そうです。

すだれ越しの自然光か、せめて昔風の、少し黄色っぽい電灯の下で味わいたいものです。ついでに言えば、クーラーよりも、窓をあけて、自然の空気、自然の風の中で。

ムード・ミュージックは何にしましょうか。

私は、ミリー・ヴァーノンの「スプリング・イズ・ヒア」が一番合うように思います。この人は一九五〇年代に、たった一枚のレコードを残して、それ以来、生きているのか死んだのか全く消息の判らない美人の歌手ですが、冷たいような甘いような、けだるいような、なまぬくいような歌は、水羊羹にピッタリに思えます。クラシックにいきたい時は、ベロフの弾くドビュッシーのエスタンプ「版画」も悪くないかも知れませんね。

水羊羹は気易くて人なつこいお菓子です。どこのお菓子屋さんにでも並んでいます。そのくせ、本当においしいのには、なかなかめぐり逢わないものです。

私は、今のところ、「菊家」のが気に入っています。青山の紀ノ国屋から六本木の方へ歩いて三分ほど。右手の柳の木のある前の、小づくりな家です。粋な着物をゆったりと着こなした女主人が、特徴のあるハスキーな声で、行き届いた応対をしてくれます。この人の二人の息子さんが奥でお菓子を作っているのです。とてもセンスのあるいい腕で、生菓子も干菓子もみごとです。お茶会のある日など、ひる過ぎにゆくと売り切れということもあります。

入って右手の緋毛氈《ひもうせん》をあしらった待合の椅子に腰かけて、「唐衣」や「結柳」と、それこそうす墨の美しい手で書かれた小さな紙の入った、干菓子を眺めているだけで、日本というのはいい国だなと思います。この字も、すてきな女主人の筆なのです。

水羊羹が一年中あればいいという人もいますが、私はそうは思いません。水羊羹は冷し中華やアイスクリームとは違います。新茶の出る頃から店にならび、うちわを仕舞う頃にはひっそりと姿を消す、その短い命がいいのです。

（クロワッサン／１９７７・７）

重たさを愛す

バンコックの街を流れるメナム河の対岸に、トンブリという街がある。

十年ほど前、私はここのタイ人の家に客として一週間を過したのだが、この時の説明によると、日本語のドンブリの語源はこのトンブリだという。タイには古くから宋胡録《スンコロク》とかベンチャロンと呼ばれるやきものがあるから、当っているかもしれない。

発生の地というからには、一般の人々も丼《どんぶり》を愛用しているかというと、これがそうではなくて、路上で商う一ぱい一バーツ（十八円ほど）の魚の浮き袋入りカレーライスは、アルミニュームの皿にアルミのスプーンで売られていた。

丼は、職人の丼がけや丼勘定などという言葉から、ざっかけない、やや品のない印象だが、私はそこが好きである。

天丼にしろ親子丼（これは一体どなたの命名であろう、ネーミングとしては天才的である）にしろ、持ち重りのする熱つ熱つの丼を抱え込んで食べる、あの生き生きとした充足感は、どんな料理も及ばない。

だから、丼は、あまり上等でない方がいい。薄手の軽いものでは、あの感じが出ないのだ。絵つけもアッサリがいい。赤絵の凝ったものは気が重い。安くて気楽で、万一、粗相をしても「ごめんなさい」で済む器の方が、丼ものとしては正統派であろう。

中身の方も、なんのなにがしの料亭の、おしのぎに出される丼ものよりも、私はそのへんのおそば屋さんの、衣の厚いえび天が、しっぽをはみ出してならんでいる天丼の方がうれしい。箸も割りばし。箸置なんかなくていい。

あわただしい引っ越しや、女同士の気のおけない客や、時間はないけど活気があって、手間ひまかけるより、とにかくおなかを満たしたい、という時に、気どらずガツガツ食べる方が似合うような気がする。

私は常日頃、食べるものは品数が並ばないと、さびしいと思う人間だが、たまには、自分のそういうひ弱なところをこらしめるためにも丼ものを頂く。

天丼と決めたらとことん最後まで、天丼なのだ。あれも一箸こっちも一口という未練をキッパリ断ち切るいさぎよさ。それともうひとつ大切なことは、丼ものだけは絶対に残してはいけないということだろう。

一番おいしいのはかけつゆを吸いこんで底にたまったご飯である。あれを食べ残しては丼ものを食べたとは言えない。丼ものをおいしく食べるコツは味つけでも盛りつけでもない。おなかをすかせることだと思えてくる。

（マダム／1978・11）

一冊の本　吾輩は猫である（夏目漱石著）

この本に出会ったのは、小学校五年生のときです。

そのころ、私は鹿児島に住んでいました。西郷隆盛で有名な城山の並びにあるだだっ広いうちの納戸で、この本を見つけたのです。父の転勤で、東京から引っ越したばかりで、なまりのきつい土地の言葉になじめず親しい友だちもできなかったせいか、私は学校から帰るとよく本を読んでいました。アンデルセンやグリム童話集は卒業して、級友たちは吉屋信子の『花物語』などを回し読みしていました。私も読みましたが、いまひとつ夢中になれなくて、母の『主婦之友』や祖母の『キング』などをそっとめくったりしていたころです。

父は、家庭的には恵まれなかった人で、学歴も高等小学校卒ですが、本が好きで結婚した当座、六十五円の月給の中から十二円五十銭も本屋の支払いに天引されていた、とよく母が愚痴をこぼしていました。

四畳半ほどの納戸は、本でいっぱいでした。『明治大正文学全集』『世界文学全集』『北村透谷全集』『厨川《くりやがわ》白村全集』『富士に立つ影』『南国太平記』『クロポトキン全集』の背文字を今でも覚えています。

『夏目漱石全集』は、その中でいちばん端にありました。どういうわけか、漱石全集だけが、茶色のカバーの背ではなく、赤と緑の布張りの中身のほうがのぞいていました。父もこの色を気に入って、わざと見えるように並べていたのかもしれません。

吸い寄せられるように第一巻を手にとりました。

『吾輩は猫である』

何の迷いもなく引き抜いてページをあけました。

「吾輩は猫である。名前はまだ無い」

生まれて初めて、それも親に内緒でおとなの小説を読むという気負いとこわばりが、この一行目でスッと消えました。あとはもうおもしろくておもしろくて眠ったり学校へ行ったりするのが惜しくてたまりません。

納戸には牢屋のような小さな明かりとりの小窓があるだけです。その桟《さん》をずらすと、明るい光が縞になって薄暗い納戸にさし込み、夏みかんや枇杷《びわ》のおい茂る裏山のにおいも風といっしょに入ってきました。

私はときどき天井を見上げて、家守《やもり》やむかでが落ちてこないか用心しながら読みました。母や祖母の気配がすると、納戸の隣の子供部屋に飛び込んで、相馬御風の『良寛さま』という本を上にのせ、見つかったときの用意にしました。

今から考えればませていたとはいえ、小学校五年の子供に夏目漱石がどれほどわかったのか疑問です。私もはじめは、「おはなし」として読んだような気がします。鼻毛を抜いて並べる主人公苦沙弥《くしゃみ》先生や寒月君。私はワルの車屋の黒がひいきでした。読んでいる間、私はこの本から、ひげをはやした偉そうな夏目漱石先生から、一人前のおとな扱いされていました。

おとなの言葉で、手かげんしないで、世の中のことを話してもらっていました。たわいない兄弟げんかやおやつの大きい小さいで泣いたりすることが、ばかばかしくなってきました。

ほろ苦い味や皮肉。しゃれっけ。男というもの。そして小説。偉そうにいえば文学。

なんだかわからないけれど、大きく深くて恐いもの……。これを教えてくれたのが、この本だったように思います。二十五年か三十年あとに、字を書いて身すぎ世すぎをするようになろうとは夢にも思いませんでしたが、最近になってこの本は私の中の何かの尺度として生きているという気がしてなりません。

初めて手にした本は、初恋の人に似ています。初めて身をまかせた男性ともいえるでしょう。

さして深い考えもなく、だれにすすめられたわけでもなく、全く偶然に手にしたこの一冊は、極上の香り高い「ほんもの」でした。このことを私はとてもしあわせに思っています。

（ジュノン／1977・6）

国語辞典

女は学校を卒業すると、めったに辞書を引かなくなります。結婚して子どもが生まれると、もう絶対といっていいくらいご無沙汰でしょう。しかし、こんなに安くて便利で、しかもおもしろい本はありません。

悲しくて、つい泣いてしまったとき、机の上の辞書を開いて、「涙」の項を引いてみますと、

なみだ〔涙〕強い感動をこらえ切れない時に、主として人間の目から出る液体。

少しばかりおかしくなってきます。目から出た液体をふきながら、「主として」ということは、人間以外にも泣く動物がいるんだわねえ。馬かしら、犬かしら、くじらかしら、などと考えていると、つまらないことを思いつめることもなくてすむというものです。

ことのついでに、もう少し先を見ますと、

なみにく〔並肉〕（上肉・中肉などに対して）値段の安い肉のえんきょく表現。

なんていうのものっています。

では、涙をふいて、〝えんきょく表現〟を用いてお肉でも買いにいくか、ということになりましょう。

子どもは母親からことばを覚えます。子どものころにまちがって覚え込んでしまったことばは、その人から一生ぬけないものです。私自身も、祖母や母から、おかしな言い回しを覚えてしまい、大きくなってから辞書でまちがいを直してもらいました。辞書を引いている母親の姿というものは美しいものだと思いますし、そのまま、子どもにとってある種の「教育」になるような気がいたします。バーゲンのブラウス一着分のお値段で一生使えるのです。辞書はいちばんお買い得な品だと思います。

人は一生の間にどれくらいの本を読むものか知りませんが、どうも女は、自分の好みのごく狭い枠の中で、似たようなものを読んでいるように思います。たまには思い切って、全く別の世界のものにとりついてみたらどうでしょうか。

私はひところ、『黄金分割』というやたらにむずかしい建築の専門書を読んで――いや、読むというよりブラ下がるといったほうが正確かもしれません。なにしろ基礎知識がないものですから、一ページ読むのに、何時間もかかるのです。寝る前に、聖書を読むように読んで、三月《みつき》ぐらいかかりました。もちろんチンプンカンプンです。でも、全く知らなかった世界を少しのぞくことができました。建物を見る目が少し違ってきました。本屋さんへ行くと、今までいったこともない建築のコーナーへいってわかりもしない本を手にとるようになりました。この本は、友人が贈ってくれたものです。私ははじめ、なんて見当違いな本をくれたのかしら、と思いましたが、今ではその友人に感謝しています。本屋へ行くと、新刊と料理、美術、というコーナー以外のぞいたことのない私に、未知の世界への目を開かせてくれたのです。

『左利きの世界』（箱崎総一著）は、それほどむずかしくなくて、いや、むしろ、やさしくおもしろいといってもいいでしょう。それでいて、今まで知らなかった別の世界を教えてくれる本なのです。

おふろの水を抜いたときに起こる水の渦巻きは、日本では左巻きだけれど、南半球のオーストラリアのシドニーあたりでは右巻きである。魚やカニや、カタツムリにも左ききや左巻きがいる。英語のオーライ（all right）ということばは、右きき優先の思想から生まれたものである、といったユニークなエピソードの中から、私たちがいかに理由のない偏見を持って生きているかということを思い知らされるすてきな本なのです。これが絶版になったのはとても残念に思います。

一冊の辞書はスリ切れるまで一生使う。そして、あとは、ベストセラーばかり追いかけずに、なるべく人の読まない本、自分の世界とは無縁の本、むずかしくてサッパリわからない本を読むのも、頭脳の細胞活化のためにいいのではないかと思います。

（わたしの赤ちゃん／1976・10）

勝負服

随分前に読んだ本で正確な題名は忘れてしまったのだが、音楽家の死因を調べたものがあった。

チャイコフスキーは腸チブス、ラフマニノフはノイローゼ、ラベルは交通事故の後遺症、といった按配に、古今東西の音楽家達が何で亡くなったか調べた本なのだが、その人の死因と音楽は妙に関わりがあるように思えてなかなか面白い一冊だった。

そのひそみにならって、私は時々脚本を書く仕事がつかえたりすると、あの時、あの人はどんなものを着ていたのだろうと考えることがある。

例えば、紫式部は何を着てあの『源氏物語』を書いたのだろうか。源氏物語絵巻などの連想で、十二単衣を涼やかに着て御簾《みす》のかげの文机に寄ってさらさらと、など考えたいところだが、冷暖房などない平安朝である。いかに紫式部でも、とても辛抱は出来なかったに違いない。

物の本によれば十二単衣は、当時としても第一級の女性の正装で、今風にいえばローブ・デコルテである。普段は、もっと簡単な、――例えば夏の盛りなどは、お腰ひとつで、緋扇の古くなったのでバタバタやりながら、

「世の中いと煩はしく、はしたなき事のみ増れば、せめて知らず顔に有経ても、これより勝る事もやと思しなりぬ」(須磨)

などと書いたのではないのかと思ってしまう。

冬の夜さり、あまりの寒さに、人知れず綿入れのチャンチャンコなど羽織ったかも知れない。

トルストイの『戦争と平和』はルパシカかしら。志賀直哉先生の『暗夜行路』は結城の上物だったような気がするし、ヘミングウェイはサファリ・スーツかしら、それとも、或は上半身裸でご自慢の筋肉美を誇っておいでになったかしら。

『嵐ケ丘』のエミリー・ブロンテがもしGパンを知っていたら、あの作品はもっと気楽なものになっていたのではないかと考えたりする。

古今東西の大文豪のすぐあとに、三文ライターの我が身をならべるのは誠におこがましいのだが、私は仕事をする時は勝負服を着用する。

勝負服。

競馬の騎手がレースの時に着る服である。赤と黄色のダンダラ縞であったり、銭湯のタイルも顔負けの大きなチェッカー・クラブだったり、兎に角遠目でも誰と判る極彩色の賑々《にぎにぎ》しい服である。競馬の持っているお祭り気分と、一瞬で勝負の決まるギャンブル性、はっきり言うと叱られるかもしれないが、馬が人をのせて走り、人がそれに大金を賭けて大騒ぎする茶目っ気とウサン臭さ、バカバカしさ。それでいて人も馬もここ一番の真剣勝負に間違いない。競馬の勝負服には、こういったものがみんな含まれていて、私はとても好きである。

私の勝負服も本当はあれがいいのである。ピカピカ光るナイロン地の極彩色の服なら、とてもそのまま、おもてへは出られないから、仕事の能率は上がるだろう。だが、一人暮しの悲しさで、ドアをあけた御用聞きが肝をつぶすにちがいない。第一、着ている私も気恥しいし、気持が昂揚しすぎてしまって、やっぱり駄目だろう。

そんなこんなで、私の勝負服は地味である。無地のセーターか、プリントなら単純な焦々《いらいら》しないもの、何よりの条件は着心地のよさと肩のつくりである。冬ならセーターだが、軽くて肩や袖口に負担のかからないもの。大きな衿は急いでペンを動かすとき、揺れるので嫌。袖口のボタンも駄目。体につかず離れずでなくてはならない。普段はだらだら遊んでいる癖に〆切りが迫ると一時間四百字詰め原稿用紙十枚でかき飛ばす悪癖があるのでどうしてもこういうことになってしまうのである。乏しい才にムチをくれ、〆切りのゴールめざして直線コースを突っ走っているのである。

視聴率というウサン臭いもので計られるバカバカしさ。一瞬のうちに消えてしまう潔さとはかなさ。テレビは競馬と似ていなくもないのである。

多少の自嘲の意味もこめて、私は勝負服にはもとでをかける。よそゆきよりもお金をかけて品質のいいものを選ぶのである。そんな勝負服がドレッサーの抽斗《ひきだし》に三ばいほどになった。

ヤキニクフクというものもある。これは文字通り焼肉を食べにゆく時の服である。焼肉もガスでお上品に焼くよりも、炭火を使って店内は煙でもうもう。テーブルにも椅子にもカルビの脂がしみ込んでいる、といった店がおいしい。ところがそういう店は、あまり清潔とは申しかねるところが多いので、汚れが目立たず、ラー油がポトリと落ちても青ざめたりしない程度で、しかし帰りにホテルのロビーで軽く一ぱいというこ とになっても、気おくれしない服を選んでヤキニクフクと決めているのである。

いまのところ、ギ・ラロッシュの、黒地にさまざまな色で、まるでクレーの絵のようなプリントを描いた布地でつくったものを愛用している。二、三年にわたってヤキニクフク専門に着たせいか、この服に鼻をもってゆくと、心なしか焼肉の匂いがする。

面会服も二、三枚持っている。うちには猫が三匹いる。一匹はシャム猫だが、コラット種の夫婦がいて、此の頃はそう珍しくもなくなったが、ひと頃はよく女優さん達が見せて下さい、とお見えになった。

「まあ可愛い」と抱いて下さるのはいいのだが、我が家の猫は飼主に似たのか、愛想が悪く気まぐれで、面白がって高価な衣装に爪をたてたりするのである。

猫語で叱りながら、気をもむのも心臓によくないので、私はゆったりとしたナイロン地のガウンを二、三枚用意しておいて、お好きなのを選んで羽織っていただいている。ハッキリいえば、私が着飽きたお古である。

この面会服が古くなると病気服になる。生きものを飼って一番せつないのは、病気とそのあとの別れである。この服なら膝の上で粗相をしてもいいんだよ、叱らないよと言ってきかせ、一晩中抱いて看取り、或は最後の別れをしてやる時の服になるのである。あまり寂しい色や柄は嫌いで、今の病気服はグレイの猫に映《うつ》りのいいオレンジと黄色のプリントなのである。

（ぷりんと／1977・10）

人形の着物

生れてはじめて縫った着物は、人形の着物である。

人形は、父に買ってもらった大ぶりの日本人形で、横にするとキロンと音を立てて瞼が閉じたし、おなかについている和紙で包んだ笛を押すと、頼りないような厚かましいような声で「アー」と泣いた。

たしか赤と黄色の麻ノ葉の着物に黒繻子《くろじゅす》の衿を掛けたものを着ていたが、なんだか女中さんみたいで嫌だったので、祖母に着物の布を頂戴と頼んだ。

祖母は、押入れから小さなつづらを出した。女としては不運で、若い時分から他人のうちを転々とした人で、そのせいかつづらは傷み角はすれて白くなっていた。十文字にからげた紐をほどくと、中から不思議な布があらわれた。布幅は普通なのだが、柄が変っている。はがき半分ほどの大きさの長方形が、紺なら紺のさまざまな濃淡でつながっているのである。ねずみ色や渋い茶もあり、無地のほかにめくら縞のような縞だけのものもあった。祖母の縁つづきが、高崎で紺屋《こうや》をしている。そこからもらってきた染めの見本であった。

祖母は、布を畳にひろげると、好きなものを選ぶように言った。私はかなしくなってしまった。どこをひっくりかえしても、赤い布は出てこない。これではまるでおばあさんの着物ではないか。

おまけに、その布は、少し湿ってかびくさく、鼻をくっつけると、祖母の愛用していた清心丹とヘプリン丸、刻みたばこの匂いがしみこんでいる。しかし、せっかく出してもらったものを、いらないというわけにもいかない。私は、銀ねずの細い縞のグループを選んだ。祖母は、それを人形の寸法に裁ち、私に袖を縫わせてくれた。布地は何だったのだろう。シャリシャリと音のする厚手の絹で、針通りが悪かった。

あれは、今考えるとなかなかしゃれた着物であった。銀ねずのさまざまな縞のパッチワーク（切りばめ）なのである。父は、私がその人形で遊んでいると露骨に嫌な顔をして、「ちゃんともとの着物を着せなさい」と恐い顔をしたが、私はだんだんとこの銀ねずの着物が好きになった。

はなしはそれから三十年ばかり飛ぶのだが、夏は洋服だけで過してきた私がたった一枚だけ、夏の着物をつくったことがあった。輸入服地の、もちろん洋服用のだが、その店頭で、白地に銀ねずの縞をみつけた。化繊だが、何とも手ざわり風合いがいい。着物にして着てみたい。迷わず買ってミシンで仕立て、洗い朱のつけ帯と合せて着て歩いた。どこの何という布地ですか、と美容院でたずねられたこともある。

その時は気がつかなかった。なんで衝動的にたった一枚だけ夏の着物を作ったのか、それも白地に銀ねずの縞なのか。あとになって気がついた。七つの時に作った人形の着物とそっくりの柄なのである。

（日本のきもの／1978・11）

パックの心理学

クレオパトラの昔から、女は美しくなるためには骨身を惜しまなかった。

古代エジプトの貴婦人たちは、孔雀石を砕いて緑の紛末にして、まぶたの上に塗ることを考え出している。強烈な太陽光線と、眼病を防ぐためだといっていたらしいが、これは建前というもので、アイシャドーの効果を知っていたのだ。

シーザーもアントニオも、もしかしたら、ローマの女たちにない、緑のアイシャドーに彩られたクレオパトラの黒い瞳にフラフラになったのかも知れない。

日本の女たちも、マメであった。十二単衣とならんで平安朝の女のシンボルマークであるおすべらかし。あの一メートル以上もある黒髪は、美容院もドライヤーもない時代にどうやって洗い乾かしたのであろうかと物の本をめくったら、髪を乾かす専門の、細長いすのこがあったらしい。

二、三人の侍女に手伝わせて髪を洗った何とか式部は、まず風通しのいい縁側にゴロンと横になる。濡れた長い髪の下に細長いすのこをあてがって、侍女が大きな扇であおいだというのである。
こんな騒ぎだから、週に一度シャンプー、セットというわけにはいかない。そのため、年中頭がかゆかったらしく、古今集だか新古今集だか忘れたが（ついでに上の句も忘れたが）、
まづ掻きくれし人ぞ恋しき
まっ先に頭を掻いてくれたあの人が恋しくてしかたがない——寝物語のつれづれに、頭の地肌を掻いてくれた恋人を想う歌をうたっている正直な女性もいるくらいである。
前置きが長くなったが、こういう先輩たちの苦労にくらべたら、せいぜい十五分か二十分でこと足りるパックを、大変だ面倒くさい、などといっては罰があたりそうである。
パックは、胎教に似ているといったひとがいる。
「一番いい顔をして、その表情を崩さないようにしてパック剤を塗って、モーツァルトやオリビア・ニュートン・ジョンを聴く。嫉妬したり腹を立てたり、はしたなく笑ったりすると、パックにしわが出来て、みにくい表情になりそうな気がするので、ス

テキなことを考えて、じっとしているあの感じ——あれ、おなかに赤ちゃんがいる時にそっくりなのよ。

いま、この瞬間に着実に育っている。どうか神様、いい子をお恵み下さい、と祈るような気持で劇画やロックを遠ざけ、柄にもなく泰西名画の画集や由緒正しいサウンドを聴くようにした、あの時と同じ気持なのよ」

いま、この瞬間に、間違いなく美しくなっている、という実感。

そして謙虚に再生と奇跡を待つ気持は、もはや宗教といっていいかも知れない。

それにしても、パックというのは、何という女性的な行動だろう。

パックというのは、期待することである。

待つことである。

男は一瞬。女は十月十日待つ。たとえ生れてくる子供が、父と母そっくりの、いささか出来のよろしくない子供であろうと、十五分後に、そっとめくったパックの下からあらわれる顔が、使用前と同じ顔であっても、とにかく女は夢見て、待つのである。

パック剤にどんな栄養分が入り、どんな風に皮膚をリフレッシュするか、科学的なことは知らないが、この奇跡を信じて待つ気持は、たとえ目に見えない、ほんの少しにしても、確実に女を美しくしている。

パックは、催眠術と同じだといったひともいる。

「ほら、まぶたが重くなってきた。目をとじて——ぐーんと引きこまれるように、あなたは眠くなってきた……」

という、あの時に似ているというのである。

「あら、どうしたの？　今日はひどく肌がしっとりしてるわね」

「ううん、別に」

「何かいいことあったんじゃないの」

などという明日の会話を心の中で自作自演しながら、自分で自分に催眠術をかける。つまり自己暗示をかけているのである。

この自己暗示というのは、女を美しくする最高の化粧品である。

フランスの心理学者のジュネという人は、

「暗示は、観念の転移である」

といっているし、アメリカのやはり心理学者のマクドーガルという人はもっと皮肉屋で、

「論理的には、適当な目標なしに、一つの考えを確信して受け入れること」

パックする女心を見すかしているような定義をしておいでになる。

千万人といえども我行かん。

一心岩をも通す、のである。

豚もおだてりゃ木に登る――あ、これは少々適切でないかも知れないが、自分で自分をおだて、肌をおだて、その気にさせれば、いつかはカトリーヌ・ドヌーブの白いなめらかな肌も自分のものになるかも知れないのだ。

パックの魔力は、肌だけでなく、顔立ち、目鼻立ちまで美しくなりそうな、大きくいえば、女に生きる夢を与えてくれるところにある。

パックをしている時だけは、女は鏡を見ない。その代りに、心の目を開き、わが心の中のうぬぼれ鏡を見ているのである。

肌をパックしているようだが、あれは精神を、女心をパックしているのだ。

美しくなるために、坐禅を組んでいるのである。

奇跡を信じて、ミサを行っているのだ。

一度もパックをしない女、しようとも思わない女、顔にレモンやきゅうりの切れっぱしをのせる女を、あざ笑ったりする女は、女ではないのだ。

時間がきて、パック剤をはがし、或いは洗い流して鏡を見る。

明らかに肌はしっとりしている。

そう思える。

これが一番大事なのだ。自分の気持をだまし、自分にも判らないように嘘をついて、それを信じて、楽しく生きてゆく。

これがあるからこそ、どんな女も可愛らしく、そして美しく、男と一緒に生きてゆけるのだろう。

（クロワッサン／1978・9・10）

抽出しの中

抽出しについては疾《と》うに諦めている。机に四つ、小物入れに四つ。数だけは人並みにあるのだが、いま間違いなく出るものといえば耳搔きとお金ぐらいで、あとは考えるだけで気が滅入ってくる。

何しろ私の抽出しときたら、開けたてするたびにベロを出すのである。仕舞い込んだ手紙や薬の効能書が、人を小馬鹿にしたようにはみ出してぶら下がるから、それだけでカッとなり頭の地肌が痒《かゆ》くなる。うっかり搔き廻すと、剃刀の刃や虫ピンで怪我をすることもあるので、〆切り前はなるべく開けないよう用心しなくてはならない。

祝儀不祝儀の袋なども大量に買い込んであるのだが、そんな按配だからうまく見つかったとしても、角がヘロヘロで使いものにならない。幸い歩いて二、三分のところに文房具屋がある。さすがに商売柄、ゼムクリップでも何でも一目で判るようになっているので、店中を自分の抽出しと思うことにして、気を大きく持っている。

夜中に切手が要るという場合は、まず冷蔵庫をあける。果物や瓶詰めスープなど手土産になるものを紙袋につめてタクシーを拾う。二百八十円の距離に友人の澤地久枝女史が住んでいるので、陣中見舞のような顔をしてドアを叩き、ついでに切手を恵んでもらうのである。彼女は実に整理整頓のいい人で、車を待たせている間に手品のように切手が出てくる。私は、彼女の部屋でお茶を招《よ》ばれる時は、必ず抽出しの見える席に坐って横目を使い、どこに何が入っているか見当をつけて、イザという場合に備えている。

人のものは我のもの。「人生到ル所抽出シアリ」。それにしても、私の抽出しは何のためにあるのだろう。

（小説新潮／１９７６・７）

騎兵の気持

女の悲鳴で目を覚した。

夕食後、テレビを見ながら、うたた寝をしていたのである。びっくりして画面を見たが、何やらむつかしい座談会で、女の悲鳴には関係なさそうである。隣りの部屋のアメリカ人の夫婦が、刑事物でも見ているのだな、と思った。

私はアパートの五階に住んでいる。隣人は物静かな学究タイプの中年夫婦なのだが、どういうわけかテレビやステレオの音がとても大きい。ある時、けたたましい救急車のサイレンが聞えたので、何事ならんとベランダに出てみたのだが、おもてにはその気配もない。どうやら隣りのテレビドラマらしいと判って、以来、その「て」の音声には疑い深くなっていた。

ところが、また悲鳴が聞えるのである。

「誰か来て！」

切迫した女の声に入り乱れた足音がまじっている。ほんものである。私はベランダに飛び出した。

私の部屋の正面の道を、一人の男がこちらへ向って走ってくる。そのあとを女が追っていた。男は胸に何か抱えている。引ったくりらしい。一瞬何かしなくては、と思い、また次の瞬間、自分は何も出来ないことに気がついた。

今から二重にロックしてあるドアを開け、地下から八階までの、どの階にとまっているか判らないエレベーターを五階まで呼び、それに乗り、一階のボタンを押し、外へ飛び出したところで間に合わないのに決っている。

第一、まわりには一戸建ての住宅もある。アパートの正面玄関には管理人もいる。誰か手近かな人が飛び出して何とかしてくれるだろう。

だが、誰も出なかった。

男は黒いオーバーの裾をマントのようにひるがえしてアパートの正面の道を右へ鉤《かぎ》の手に折れて走り、女はサンダルをバタバタ言わせながら、時々叫び声を上げて追いかけ、見る見る引き離されながら、やがて二人の姿は見えなくなってしまった。

書けば長いようだが、たかだか一分か二分の出来ごとであろう。

翌日の新聞を気にして見たが、何も載っていなかった。引ったくりではなく痴話喧嘩だったのかも知れないと、何もしなかったうしろめたさに言いわけをした。

二年前の冬の夜の出来ごとだが、その頃ニューヨークの「切り裂きジャック」のことが新聞に載っていた。女の悲鳴を聞いても、高層ビルの窓が開くだけで、誰も助けに飛び出さない。都会人の酷薄さをなじった記事で、私も同じ気持を持ったが、自分の周りで起ってみると、私も同じことをしているのである。事実、飛び出したところで間に合わない。五階の私でも間に合わないのだから、二十階三十階の摩天楼となれば、たとえ親が子でもどうしようもないであろう。

だが、もうひとつ正直に言えば、あの時の気持の中に、何やら高みの見物といったものがまじっていたような気がする。悲鳴も、人が必死で逃げ追う姿も、五階から見下すと、当事者には誠に申しわけないのだが、少しばかり漫画的で切実なものがうすいのである。

人間はあまり高いところに住まないほうがいいな、と思った。なるべく地面に近いところに立ち、人と人はおたがいに同じ高さでつき合った方がいい。全く根拠のないことだが、歩兵の方が人間的で、騎兵はすこしばかり薄情なのではないか。そんなことも考えた。


（室内／1978・2）

恩人

一度だけだが、「正式」に痴漢に襲われたことがある。二十三年前の夏であった。

あの頃は東京中が暗かった。

井の頭線久我山駅を下りて、百メートルも歩くと急に寂しくなる。夜の九時過ぎると人影もなかった。自分一人の筈のハイヒールの足音が、いつの間にか二人分になり、ヒタヒタというそれが後ろから尾《つ》けてくる地下足袋だと気づいた時には、もう強い力で右手首をつかまれていた。

汗くさい匂い。カーキ色の汚れたズボン。

「お金ですか」

二度繰返したら、返事の代りに刃物を出された。仕方がないので黙ってついて行ったが、私は左手にカメラを提げていた。友人から借りた当時貴重品だったキャノンである。これを盗られたらどうしよう——。

二十三年前だから、私は若かった。今も若いが、当時はもっと若かった。カメラのほかに盗られて困るものも持ち合わせていた筈だが、その時は不思議に思い到らなかった。ただ、「大変なことになった。どうしよう。何とかしなけりゃ」という思いで、脳ミソも心臓も、いや体中が蚊柱のようにワーンワーンと鳴っていた記憶がある。

蚊柱ワンワンのまま、いい考えも浮かばないままに、竹藪まで引きずられた。五十メートルほど先に私の家の門灯が見える。この時、男が軽い咳をした。私は咄嗟に左手のカメラを大きく振った。カメラは分銅のように男の腹を打ったようだ。私はそのまま駈けて家へ飛び込んだ。

玄関に坐りこんで、私は口が利けなかった。すぐ警察がきて事情を聞いて帰ったが、明け方まで体の芯が震えていた。

翌日から母の実家に預けられ、一週間ほどで戻ったが、何としても腹が立って仕方がない。暗がりだったが、人相風態もおぼろげに覚えている。そこで勤め先からの帰りを十分ずつずらして、井の頭線の中を見て廻ることにした。久我山は始発駅から三駅目だから、三輛連結でも何とかなる。

かくして一週間目の夕方。

見覚えのある顔を座席に見た時は、正直びっくりした。見つけたいとは思ったが、それから先のことは、何も考えていなかったからである。もっとも、びっくりしたのは、私よりも痴漢のほうで、私が正面に立ってにらんだとたん、人を蹴散らしてドアに突進した。

痴漢といっても現行犯でないので、「車中の皆様」はどなたも協力して下さらず、私は腕を引っかかれたりして、どうにか警察へ突き出した。「よくやった」と高井戸署でお賞めにあずかり、キツネウドンと塩せんべいをご馳走になったが、うちへ帰ったら、女だてらに、と父親にこっぴどく叱られた。

三月ほどしたら、東京地方検察庁というところからお呼出しがかかった。出掛けてみたら、廊下の椅子に若い女が三、四人坐っている。私と同じ被害者で、中には腹部を刺され、三月も入院したひともいた。ほかに未届けの既遂もあるという。溜息が出た。

それからしばらくして、私は駅前の人ごみの中で、アッと叫んで棒立ちになってしまった。昼日中ではあったが、向うからくる顔は、まぎれもなく、私が捕まえた痴漢である。そして、もっと驚いたことに、彼は、私を認めると、まるで旧知の人に出逢ったように、人懐こい目をして、満面に笑みをたたえながら小走りに近寄って、

「先日はどうも……」
と挨拶するのである。

少々精神薄弱の気味のある若い左官だったが、親が保釈金を積んで引き取ったとか。それからも時々お目にかかったが、いつも律義に走り寄って、キチンと挨拶をする。

「いいお天気ですね」
と言われたこともあった。一体、これはどういうことなのか。いくら考えても納得がいかなかった。

同じ頃、私は一人の少年を助けた。いや、助けたというよりかばった、というほうが正しい。本を読みながら歩いていて、自転車にはね飛ばされそうになった小学校一年生位の男の子を、体の下に抱えこんでかばい、その代りに私が右足に怪我をしたのである。

血が流れるのでハンカチで押えながら、私は少しきつく少年をたしなめた。少年はおびえた目をして、怪我と私の顔を見ていたが、無言で駈けて行ってしまった。バツが悪かったのだと私は自分に言いきかせた。足の傷は思ったよりひどく痕《あと》が残った。

それから、——またまたそれからで恐縮だが、私は少年に出逢った。妙に懐しく、私は立ちどまったが、少年は、ギクッとした様子で私を見ると、急におびえた目の色になり、コソコソと人ごみに逃げ込んでしまった。

これも納得出来なかった。

私を襲った痴漢は目を伏せて立ち去り、私に救われた少年は、目を輝かせて——何も輝かさなくてもいいが、「有難う」ぐらい言ってもいいではないか。

あれから二十年の月日がたつ。

何の間違いか、私はテレビドラマを書いて身すぎ世すぎをする破目になったが、この頃ふと、二つの事件を思い出す。横着な私は、人間をとかく「型抜き」で描きがちだ。

ところが、私の場合、事実は逆だった。痴漢は目を輝かして挨拶し、少年は、目を伏せて逃げ出したのだ。人さまざま。簡単にきめつけてはいけないということを教えてくれたとすれば、痴漢と少年は、私の恩人ということになろう。右足の傷は、自分でも気付かないほど、うすくなっている。

（オール讀物／1975・10）

うしろ姿

銀座を歩いていて、すぐ前をゆく人のうしろ姿に感心したことがある。

十年ほど前の、たしか梅雨どきだったと思う。スラリとした長身の女性で、薄い藤色のワンピースを着ていた。そう若くはなさそうだったが、とにかく美しい。堂々として、しかも品のいい色気がある。

何者だろうと思った時、その人は反対側の松屋の前に知人の顔でも見つけたのか、不意に車道を斜めに横切った。

二つの横断歩道のちょうど中間を、その人はごく当り前のように歩いてゆく。薄曇りの銀座通りの、よどんだ空気を断ち切るような鮮やかな渡りっぷりだった。すぐ横に交通整理のお巡りさんが立っていたが、気を呑まれたのか何もいわなかった。渡り切ったその人は、水谷八重子さんだった。私は首筋を下からスッと撫で上げられたような感じがした。

私は、いいなと思うと首筋にくる。

歌舞伎でいえば、ひところの実川延若。

この人が花道から摺り足で出てくると、その足許を見ているだけで、首筋がスウッとなる。狂言の野村万蔵もそうだった。

女のうしろ姿で、首筋がスウッとなったのはもう一回ある。

水谷八重子さんよりすこしあとの、パリはルーブル美術館であった。

あちこち廻って疲れが出たのか、その日私は機嫌がよくなかった。入ってすぐの部屋に「モナ・リザ」がある。赤と金のモールで柵が作られ、人だかりのしているのも気に入らなかった。ドラクロアなどの傑作もあるのに、ほかの絵に対して失礼ではないか。そう思って見て廻るといいものもあるが、マリー・アントワネットの園遊会のお茶道具などという、どっちでもいいようなものがご大層に飾られていて、少し腹が立ってきた。オリエント館だけは丁寧に見て、また明日出直してこようと思っていたら、閉館をしらせる合図があった。

人気《ひとけ》のなくなった美術館はどこが出口なのか見当もつかない。こんなところに閉じこめられてしまったら恐いな、と思いながら歩いていたら、いきなり目の前に女のお尻があった。

大理石の女性像だったが、これが何ともみごとなのである。威あって猛《たけ》からず。

黄色味を帯びた石が実にあたたかい。

みぞれの降る冬の夕暮である。石造りの部屋の小さな明りとりからの弱々しい光りの中でそれはやわらかく静かに立っていた。

首筋がスウッとした。

見ている人間は私一人である。絵や彫刻をたった一人で鑑賞したのは、生れて初めてであった。このことも感動を深めた。

これはいったい、どこの何という人の作品なのか。

「なにごとのおわしますかは知らねども　かたじけなさに涙こぼるる」という気持だった。そして、これはどこかで見たことがある、と気がついた。両手がない。

ミロのヴィナスだったのである。

この彫刻は、このあと日本にもやってきた。鳴物入りの大宣伝で、たくさんの人が押しかけ、大理石のヴィナス像も押しつぶされるほどの混雑ぶりだったらしい。そういう有様をテレビのニュースで眺めながら、つくづくと我が身の果報をありがたく思った。

ミロのヴィナスは、あの瞬間私のためだけにあったのである。まわりには人もなく音もなく、時間もなかった。紀元前一世紀だか二世紀につくられ、一八二〇年に、ミロス島で畠をたがやしていた農夫によって発見されたというこの像が、日本からやってきた一人の女のために、立って見せてくれたのである。それも、はじめは名を名乗らず、まずうしろ姿の美しさで挨拶し、私の首筋にその美しさを判らせてくれたのである。

これからも私は美術館でたくさんの絵や彫刻を見るだろうが、ああいう偶然の法悦境は、二度と訪れないだろうと思っている。

（現代／1977・3）

負けいくさ　東京美術倶楽部の歳末売立て

東京美術倶楽部の歳末売立ては毎年覗いているのだが、出掛ける前に必ずすることが三つある。

まずしっかりご飯を食べてゆく。

何しろ夥《おびただ》しい点数なのだ。玉も石も一緒くたになって東京美術倶楽部いっぱいに詰まって、建物全体が唸り声を立てている。見て廻るだけで体力と気力がいる。

第二に現金を置いてゆく。持っているとつい気が大きくなり、差し当って不用のものまで買い込んでしまう。

第三は、わがマンションの本箱や寝室にまで溢れているガラクタを打ち眺め、「もうこれ以上は皿一枚も収納出来ないのだぞ」と、我と我が身に言い聞かせるのである。どこからか聞えてくる、

「買ってくるぞと勇ましく」

という軍歌に耳をふさぎながら、「絶対に買わないぞ」と誓って家を出るのである。

ところが、第一室で早くも砂張《さはり》菓子器が目に飛び込んできた。こう数が多いと、集団見合いのようなもので、いちいち丁寧に身許を確めてはいられない。艦橋に立つ連合艦隊司令長官のごとき心境でゆったりとあたりを見廻し、目の合ったものだけを手に取る。

この砂張は時代は大したことはないらしいが、打ち出しの具合が素朴でいい。私はこれを灰皿にしたいと思った。うちの客で、パイプを灰皿に打ちつけるのがいる。気に入りの双魚《そうぎょ》の青磁の皿をガンガンやられて胆を冷やしたことがあったので、あの客がきたらこれで仇討をすることにしよう。仇討に二万円は勿体ないが、飽きたら菓子器にすればいいのである。

みごとな根来《ねごろ》の台鉢がある。うちが広く暮しにゆとりがあったら、これも持って帰りたい。古九谷角皿（五客）。これは「あ」と声が出た。

私のように知識も鑑定眼も持ち合わさない人間は、体で判断するほかはない。背筋がスーとして総毛立ったら、誰が何と言おうと、私にとっては「いいもの」なのである。思わず「あ」と声が出たら、「かなりいいもの」なのである。

「あ」と声の出たもの全部を買えたら、しあわせであろうが、不幸なことにそういう品は値段の方も「あ」と声が出るのである。いいものは値段の方もいいのは当り前のはなしで、「ああ……」と、こちらの方の「あ」は少し尾を引く悲しい声になって、寂しく見送るより仕方がない。

唐木机にも心をひかれた。端正ななかに、ピンと張りつめたものがある。三匹の猫に占領されている六畳を、あの連中がくたばったら和室に改装して、この机を置き、抱一《ほういつ》の結び柳の軸を懸け、昼寝をしたらどんなにいい気分かと一瞬夢に描いたが、三匹共食慾旺盛である。当分見込みがないので、これも諦めることにした。

拾いものはカシミール裂《ぎれ》である。十九世紀あたりと思われるディズリー文様の織二点、刺繍三点をはめ込んだ小額が三点で一万八千円なり。実は、私が黒幕兼ポン引きで赤坂にお惣菜と酒の店をやっている。そこの壁面がひとつ空きになっていた。ほかに飾りはペルーとエジプトの古代裂（エジプトのものは少々うさん臭い）だけだから、これにカシミールを加えると楽しいことになりそうだ。

古染付菊図皿（五客）は、古という字をつけるのはいかがかと思われたが、これに柿を盛ったらおいしいだろうな、と思ったのが運の尽きで、気がついたら売約済みの札を貼ってもらっていた。

こんな筈ではなかった。だから貯金が出来ないのだぞと自分を叱りながら、あまり見ないようにして歩いていたら、またひとつ目に飛び込んで来た。

安南仕込茶碗。

見た途端、耳のうしろを、薄荷水《はっかすい》でスーとなでられた気がした。緑釉《りょくゆう》の具合が何とも言えない。小振りで、私の掌におだやかに納まるのも嬉しくなる。嬉しくないのは値段だけである。すでにして予算は大オーバーなのである。目をつぶって行くことにした。ところが、またまた軍歌で恐縮なのだが、こういう時必ず聞えてくるのである。

「あとに心は残れども
残しちゃならぬこの体
それじゃ行くよと別れたが
ながの別れとなったのか」

身分不相応といったんは虫を押えるが、耳のうしろがスーとしたものは、必ずあとに心が残るのである。あとになって、もう一度欲しい、何とかして頂戴とジタバタしても、それこそ一期一会。二度と私の手には入らないのである。

劉生の軸ものの小品。ルノアールのサムホール……。あの時、もう一息の度胸がないばかりにと臍《ほぞ》を噬《か》んだことを思い出して――「これも包んで下さい」と言ってしまった。

またしても克己心は誘惑に負けてしまったのである。

（芸術新潮／１９７９・２）

チョンタ

チョンタ、パイチ、カムカム、こうならべて、三つともご存知の方がいらしたら、ぜひお近付きになりたいと思う。私と友人が見残したアマゾンのあれこれについて、教えていただきたいからである。

「アマゾンへ行ってきたのよ、というと、皆さん、「へえ、それはそれは」と、尊敬のまなざしで私をご覧になる。サファリ・スーツに身を包み、原住民を先導に、ナタをふるってツル草を切りはらいながら、毒蛇と闘いつつジャングルを進む、――なんて有様を想像されるらしいのだが、これは考え過ぎというものでペルーへインカの遺跡を見にいったついでに、アマゾン河上流の、イキトスという町に三日間だけ行ってみた――というだけのことなのだから何ともお恥しい。

それでもアマゾンはアマゾンである。ペルーの首都リマから飛行機で三時間。眼の下にアマゾンを見たときは胸がドキドキした。

見渡す限りの緑の海である。どういうわけかその緑は、お釈迦様のヘア・スタイルの如く、西洋野菜のブロッコリーの如くブロックに分れていて、緑の色が少しずつ違っている。飛行機がゆれたりかしいだりするたびに、巨大なブロッコリーは、生きもののように地表からムクムクと盛り上って迫ってきた。

アマゾン河は、とてつもなく大きな、おみおつけ色の帯であった。しかも、木の根のようにおびただしい数の支流がある。その色がまたさまざまで、濃い目の赤だし色あり、淡目の仙台味噌ありという具合で、すべてがたくましく、生々しい。山紫水明に縁遠いたたずまいであった。

まず、イキトス空港で、屋根や電線にビッシリとまった黒々と肥えたカラスの大群におどろき、飛行機見物に集まった、やせこけた子供たちの大群にため息をついた。カラスは黒一色であったが、子供たちは複雑な混血を重ねてきたこの国の歴史を語るかのようにさまざまな体の色と表情を持っていた。

この町で唯一軒のホテルに落着いた時、私たちは、死ぬほどおなかがすいていた。同行の友人は澤地久枝嬢である。最近『妻たちの二・二六事件』という著書を出された学究であり、軽薄な放送ライターの私とは、人間の重みが違うのだが、有難いことに好奇心と食い意地だけは全く一致していた。

食堂で、二人は食いつきそうな目でメニューをにらんだが、スペイン語はさっぱり判らない。チラチラと横目を使ったところ、うしろで、アメリカ人らしい男性が、不思議なものを召し上っている。大皿いっぱいにセロリらしいものの薄切りがのっている。サラダはあれでいこう。

「あの紳士と同じものを食べたい」

貧しい英語と至誠が天に通じて、ボーイはうやうやしく同じものをもってきた。

セロリに似てセロリに非ず。香気はなく、パサパサして少し青臭い。生のかんぴょう――いや、カンナくずを水にもどして――それも違う。「冬瓜」のスライス――まあ、そんなところだろうか。ドレッシング・ソースをかけて食べるのだが、今までにこんな味のない食物を食べたことはない。

これがチョンタである。このあたりに生えている椰子の若芽で、一見白ずいき風。手でむくと、スルスルスルスルと、いくらでもうすくはげる。マーケットで、女たちが、むいてはひとかたまりにして売っていたが、おいしいかといわれると、うむ、とうなってしまう。まずいかといわれると、そうでもない。なんせ、味がないのだから。

チョンタの次に賞味したのが、パイチである。メニューには、ミートの部があるのだが、ペルーは肉不足とかで、ボーイは、どれを指しても「ノン・ミート」一点張り。しかたがないので、ボーイのすすめる「フレッシュなる河の魚」のソテーを戴いた。名を聞くとパイチという。

一見蒲焼風。味はハモとナマズとヒラメを足して三で割った感じ。「案外いけるじゃないの」二人はアマゾン河の魚を食べたというだけで満足して、その夜は粗末なベッドで安らかにねむったのだが——。

翌日、アマゾン河のそばにある養魚場を見物にいって、私たちは顔を見合せた。濁った水底に見えかくれする体長七十センチほどのおたまじゃくしのお化けのような黒い魚が、昨夜食べたパイチの赤んぼうだというのである。

「おとなはどのくらいの大きさでしょうか」

恐る恐る伺う我々に、この町唯一人の日本人、カルロス・松藤氏は、だまって両手をいっぱいにひろげて、見せてくれた。

忘れられないのはカルロスさんの家でご馳走になったジュースである。遠慮勝ちな淡いピンクの透明な飲みもので、カムカムという木の実からとったものだという。かすかな甘味と酸味がほどよくて、後口に少し渋味が残るのも野趣があってよかった。

カムカムの実は、アマゾン河をモーターボートで遡《さかのぼ》ったときに、岸辺の立ち枯れた木の間に生えているのを教えられた。親指の頭ほどの赤紫色の光った固そうな実である。種子が大きくて、大量にとってきても、ごく少ししかジュースがとれないそうだが、これこそ、正真正銘、アマゾンの天然ジュースであろう。

ジュースといえば、イキトスのマーケットで、亀の卵のジュースを作っているのを見かけた。

赤んぼが行水出来そうな、白いほうろう引きのボールに、つぶれたピンポン玉みたいな亀の卵を何個も何個も割りこんで、砂糖を入れ、ミルクのようなものをほうりこんで、かき廻している。案内して下すったカルロス氏に「あれは……」と聞きかけたところ、西郷隆盛のような外見に似ず、デリケートな氏は少し口ごもって、「一種の精力剤ですな」とドギマギなさった。そういえば、カメタマジュースの周りに集って騒いでいるのは、半裸の男どもだけである。私たちは伏目になってそこをはなれた。

アマゾンの支流イタヤ河でピラニアを釣ったりして、またペルーへもどり、カリブ海の島を廻り、アメリカへもどってヨーロッパへ飛んだ。スペインのイカもおいしかったし、パリのカキも結構であったが、日が経つと、妙になつかしいのがアマゾンである。正直いって、暑いし汚ないし、格別おいしいものもない。だが、閑《ひま》とお金が許せば、もう一度いってみたい。

最近カルロス氏から手紙がきた。イキトスの大通り、いわばイキトス銀座で撮った写真は、本当にうつっていたのですか、という、催促とからかいの、ユーモラスな手紙である。ややピンボケだが写真はちゃんとうつっているから、おそまきながら、早速送ることにしよう。四辻のゴミの山にやせた鶏と黒くて小さい豚がのんびりと餌をあさり、交通事故も盗難もないというイキトス銀座であった。

（銀座百点／1972・9）

小さな旅

仕事が忙しい時ほど旅行に行きたくなる。

テレビドラマの原稿〆切が遅れて、ニッチもサッチもいかないというのに、鎌倉に住む友人の「野草を食べにこないか」という誘惑に負けてしまったのである。

「私、只今出かけておりますが、このアパートの中におりますので――五分でもどります」という留守番電話のテープをセットしかけたが、嘘にも良心はなくてはならぬと恥じて、「近所までお使い」というのに取り替えて家を出た。

私にとって、片道一時間半の鎌倉行きも小さな旅である。

東京のまんなかに住んでいるせいか、西は多摩川、東は隅田川を越すと、それはもう旅なのである。

電車が、この二つの川を越す時の、あの音は、たまらなく快い音に聞える。そこから先は、窓の景色も違って見える。本当は、多摩川の鉄橋を渡り切ったあたりから、かやぶき屋根の家があり、田圃《たんぼ》には牛がスキを引っぱっていてくれないと満足ではないのだが、今日び、どんなに目をこらしても、目に入るのは宅地開発のブルドーザーぐらいのものだから、そこは我慢をして、やはり緑の色も違っているわ、と自分に言い聞かせる。

自分のうちのそばの緑など、忙しさにかまけて、丁寧に見たこともないのだから、違いが判るわけはないのだが、ここはやはり違っていてくれないと、何のために旅に出たのか判らなくなってしまう。

旅は飛行機でない方がいい。

三月ほど前に、鹿児島へ二泊三日の旅をした。小学生の頃、二年ほど住んでいたことがあり、住んでいたうちや先生、級友を訪ねるセンチメンタル・ジャーニイであったが、子供の頃、鼻の穴を真黒にして二十八時間もかかって行ったのが、わずか一時間四十五分の空の旅である。間にはさまる四十年という歳月や、体に残る「鹿児島は遠い」という感覚がチグハグになり、いやに近すぎて有難味が薄いという感じが残った。

トランプのカードを切るように、四角い景色が、窓の外で変ってゆく。大きい旅小さい旅に限らず、これが一番の楽しみである。

快い夢はすぐ覚めるように、楽しい旅はすぐ終る。

タラの芽やアズキ菜のてんぷらや朴葉《ほおば》味噌や朝掘りのたけのこを、それこれ貧乏人の節季働きのように口許まで詰めこんで、また東京へ帰らなくてはならない。

帰り道は旅のお釣りである。

残り少なくなった小銭をポケットの底で未練がましく鳴らすように、「ああ、終ってしまったなあ」軽い疲れとむなしさ、わずらわしい日常へもどってゆくうっとうしさ。

それでいて、住み馴れたぬるま湯へまた漬ってゆくほっとした感じがある。

ひと月かけて外国を廻った時も、半日の鎌倉への小さい旅も、これだけは同じであった。

（小説現代／1979・7）

鹿児島感傷旅行

三年ばかり前に病気をした。

乳癌という辛気くさい病名だったこともあり、日頃は極楽とんぼの私が柄にもなく、入院中のベッドで来し方行く末に思いをめぐらすこともあった。万一再発して、長く生きられないと判ったら鹿児島へ帰りたい。

昔住んでいた、城山のならびにある上之平《うえのひら》の、高い石垣の上に建っていたあの家の庭から桜島を眺めたい。知らない人が住んでいるに違いないが、何とかしてお庭先に入れて頂いて、朝夕眺めていた煙を吐くあの山が見たかった。うなぎをとって遊んだり、父の釣のお供をした甲突川や、天保山海水浴場を見たかった。山下小学校の校門をくぐり天文館通りを歩きたかった。友達にも逢いたかった。

帰るといっても、鹿児島は故郷ではない。保険会社の支店長をしていた父について転勤し、小学校五年、六年の二年を過した土地に過ぎないのである。しかし、少女期の入口にさしかかった時期をすごしたせいか、どの土地より印象が強く、故郷の山や河を持たない東京生れの私にとって、鹿児島はなつかしい「故郷もどき」なのであろう。

退院してから、誰にあてるともつかない、のんきな遺言状を置いておくのも悪くないな、といった気持で父の思い出を中心に子供の頃のことをエッセイに書きはじめ、去年の暮に『父の詫び状』と名づけて一冊の本となった。どうにか元気で仕事をしていて遺言状もないもので全くお恥しい限りだが、この本の随所に鹿児島が登場する。自分の気持に締めくくりをつける意味からも、「故郷もどき」の鹿児島へ二泊三日の旅をすることにした。

四十年前の鹿児島は、遠い国であった。

東京から東海道本線、山陽本線、鹿児島本線と乗りついで、二十八時間かかっている。日支事変が始まったすぐで、八幡製鉄所のそばを通過する時は、車内に憲兵が廻ってきて窓を閉めさせられたことを覚えている。

それが、現在では、羽田から全日空で一時間四十五分の空の旅である。私は、四十年の歳月を、一時間四十五分で逆もどりしたような不思議な気分で鹿児島空港におり立った。

空港から市内までは車で五十分ほどである。桜島は勿論、目の前だが、私はあまり見ないようにしていた。この山は、私の住んでいたあのうちの、あの庭から眺めたかったのだ。

ところが、私のうちは、失くなっていた。

石垣は昔のままであったが、家はあとかたもなく、代りに敷地いっぱいに木造モルタル二階建てのアパートが建っていた。戦災で焼けたのか老朽化したので取りこわしたのか。

門も、石段も新しくなっていた。昔通り裏山には夏みかんの木が茂り、黄色に色づいた夏みかんが枝の間から見えていたが、昔より粒が小さくなったように思えた。いや、夏みかんが小さくなったのではない。私が大きくなったのだ。その証拠に、子供の頃、見上げるほど高いと思ったわが家の石垣は、さほど高くはないのである。

思ったより高くなかった石段の上に立って、しばらくじっとしていた。春先なのに初夏に近い陽気の、みごとに晴れた日である。目の下に広がる鹿児島の街は、見たこともない新しい街であった。

四十年前の鹿児島市は、茶色い平べったい町であった。目に立つ高い建物は、県庁と市役所と山形屋と、野上《のがん》どんと呼ばれていた三階建ての西洋館の邸宅ぐらいの、地味な家並みであった。今は、高層ビルであり、色彩にあふれている。

変らないのは、ただひとつ、桜島だけであった。

形も、色も、大きさも、右肩から吐く煙まで昔のままである。

なつかしいような、かなしいような、おかしいような、奇妙なものがこみあげてきた。

私は、桜島を母に見せたいと思った。

母が、父と四人の子供と姑と一緒に、鹿児島に来たのは三十一歳の春である。初めての地方支店長という栄転。大きな社宅に住み月給も上り気候が温暖で暮し易いここでの暮しは、母にとって、一番なつかしい第二の青春だったと思う。

血気盛んであった父は、癇癪を起して母に手を上げることもあったが、母はこの時期が一番笑い上戸であった。土地の言葉や習慣にすぐ馴れ、さつま揚やきびなご（細い縞のあるおいしい小魚）や壺漬や苦瓜の油炒めなどが食膳をにぎわすようになった。

鹿児島特有の、干海老でダシをとったお雑煮でお正月を祝った。猪《いのしし》の肉と、子孫繁栄を願うしるしの八つ頭が、父と弟の膳だけにならんでいた。うち中に活気がみなぎり、それは子供の私にもよく判った。

母は、朝夕、この桜島を見ながら、どんなことを思っていたのであろう。父が出張で沖縄へゆき、帰りの船が台風で難破しかかった時、母が縁側に立ってぼんやりと桜島を見ていたのを覚えているが、あとは楽しいことが多かったのではないか。

貯金をして東京へもどり、自分たちの家を買おう。四人の子供たちにもそれぞれの夢を描いていたと思う。マイホームの夢は、このあと激化した戦争で大きく破れ、子供もまた揃って上出来とはいえず、母の夢はこの桜島に向いあった時、一番大きくふくらんでいたに違いない。そんなことも、いま、その頃の母の年をはるかに過ぎて、やっと判ったことなのである。

母にくっついて歩いてよく行った近所の魚屋も、体格のいい母子でやっていた小さな饅頭屋（私たちはデブサン饅頭と言っていた）も、みんな無くなっていた。

昔のままで残っているのは、二軒おいて隣りの、どういう偶然なのか、うちと苗字が反対の田向さんというお宅と、坂の下にあって、これも鹿児島名物のボンタン飴と兵六餅を買いにいったお菓子屋だけであった。

まるで外国語みたいだと、母や祖母を泣かせた鹿児島弁も、通りすがりに、つい陽気に浮かれたのだろう半ズボンの少年が、

「寒かア」

と呟いたのを小耳にはさんだだけで、テレビの影響なのであろう街ではほとんど東京と変りない言葉が流れているようであった。

「ふるさとのなまりなつかし」という具合にはいかなかった。


照国神社は第二十八代藩主島津斉彬《なりあきら》を祭る城山の麓《ふもと》のお社である。

昭和十五年。小学校四年の私は、この境内で行われた紀元二千六百年の祝典で、お遊戯をしている。

「金鵄《きんし》輝く日本の　栄えある光身に受けて」

という記念の歌は、今も歌うことが出来る。

ところが、大運動会が出来るほど広かった境内が、いやに狭くなっている。三分の二ほどが駐車場になっているのである。照国神社も、戦災で焼け、コンクリート造りの新しいたたずまいであった。

神社の前の通りに並んでいた蛇屋も鉄砲屋も靴屋も手品のように消えていた。

ところが、照国神社を出た私の足は、まるで変ってしまった知らない道路を、なにかの糸であやつられているかのよう、ひとりでに手繰り寄せられて、気がつくと山下小学校の前に立っていた。

この時の私は、赤いランドセルを背負った、蚊トンボのようなすねをした四十年前の小学生であった。

わが母校の変りようにも、目を見張るものがあった。昔の表門は、今は「あと」だけが残り、使われていない。校庭の真中に二本そびえていた大きな楠は、あとかたもないのである。私はこの楠の根方の洞《ほら》に、うちへ持って帰ると叱られるおはじきをかくしていた。戦争が烈しくなってからは、八のつく興亜奉仕日のおひる、この楠のまわりに坐り、日の丸弁当や、バターやジャムもついていないコッペパンを食べた思い出がある。

一階建てだった校舎は、新しい三階建てになっている。

校庭に立っていると、冬の寒い朝、かじかんだはだしで（当時、鹿児島の小学生は冬でもはだしであった）、朝礼にならんだ冷たさを思い出す。

「城山まで駈け足！」

と号令をかけた大男の田島先生。

その城山までの駈足の途中、電信柱につながれた馬の口をこじあけて、

「動物の年齢は歯を見れば判る」

嫌がって暴れる馬を、田島先生は必死の形相で押え込みながら、実地教育をして下

さったこともあった。やはりつながれたアメ色の牛の腹の下を、ランドセルに三十センチの物指をはさみ、すばやくくぐり抜ける遊びに夢中になったこともある。途中で牛が坐り込んだら、一体どうするつもりだったのか。昔、町で人と共に働く馬や牛は、おとなしかったのかも知れない。当然のことだが、もうどこをさがしても馬も牛も見当らず、これも朽ち果てたか焼けた楠と同じく、思い出にだけ残っている景色である。

テンモンカン
テンポザン
知らない人が聞いたら、競馬の馬の名前ですかと言われそうだが、鹿児島に住んだことのある人間だったら、聞いただけで懐しさに胸の中が白湯でも飲んだようにあたたかくなってくる響きがある。
天文館は、もと島津の殿様が天文学研究のためにつくらせた建物のあったところで、東京でいえば銀座、つまり鹿児島一の繁華街である。ここの山形屋デパートで買ってもらった嬉しい思い出は、絞りの着物と一緒にまだはっきり残っている。見違えるように立派になったデパートをのぞき、素朴な盛り場からこれまた近代的なアーケードに変貌した天文館通りを散歩したが、この時もまた不思議にひとりでに足が動いて、父がよく本を取り寄せていた金港堂と金海堂二軒の本屋にゆくことが出来た。人間の記憶の中で、足は余計なことを考えず、忠実になにかを覚えているのかも知れない。

天保山は、鹿児島市随一といってもいい海水浴場であった。前に立ちはだかる桜島。ひろがる錦江湾。松林がゆたかに――立ちならんでいる筈であったが――松林は、ほんのわずかしか残っていないのである。

私が泊ったのは、この天保山に出来た新しいサン・ロイヤルホテルである。ここの東常務が私の旧友のご主人であったという奇遇もあり、消えてしまった松林と、いやに大きく見える桜島について解説をしていただいた。

桜島が大きく迫ってみえるのも道理で、海は千メートル余も埋立てられているという。昔、私がポチャポチャとシュミーズで泳いだり、脱衣籠《かご》に入れておいた母の手作りのキャラコのズロースを盗られて半ベソをかいた天保山海水浴場が、今、ホテルの前の駐車場のあたりでしょうといわれる。

昔、父に連れていってもらった鴨池動物園が、今はスーパーになっているのである。鹿児島市の人口も、私がいた頃の三倍になっているのである。

変るな、という方が無理難題というものであろう。

変ったものは、城山頂上までの自動車道路。そして頂上の展望台の観光名所ぶり。桜島へ通う立派なカー・フェリーである。四十年前、うち中揃って桜島へ遊びにいったのはいいが、渡し船がひっくりかえりそうになって、母など、死ぬかと思った、と青い顔をしていたのが、嘘のようである。ほとんど揺れもせず、十五分置きに出る白い美しいフェリーで、アッという間に桜島へ着いてしまう。

変らないものは、磯浜のジャンボ。

大きいという意味ではない。名物の餅の名前である。リャン棒のなまったもので、つきたてのやわらかい餅に、うす甘い醬油あんをからませたもの。昔、これを母が好んだこともあり、よく出かけたものである。ここは今は公園になっているが島津公の別邸であったところで、ここから眺める桜島の美しさは、また格別である。

桜島といえば、サン・ロイヤルホテルの窓から眺めた夕暮の桜島の凄みは、何といったらよいか。午後の太陽の光りで、灰色に輝いていた山肌が、陽が落ちるにつれて、黄金色から茶になり、茜色に変り、紫に移り、墨絵から黒のシルエットとなって夜の闇に溶けこんでゆく有様は、まさに七つの色に変るという定説通りであった。

考えれば、これも四十年前と少しも変らぬ筈なのに、十二歳の女の子の目は、一体何を見ていたのであろう。

「あんた！　うちのことモデルにして、メシのたねにして！」

物凄い力で背中をどやされた。目がうるんで笑っている。

三、四人も集ってくれたら感激だなあ、と思っていたのが、宮崎から駈けつけたのも入れて十三人。山下小学校五年、六年の時の級友の顔が揃った。担任の上門三郎先生を囲んで四十年ぶりの同窓会ということになった。

種子島出身で、師範を出たての紅顔の美青年で、もらい立てのホヤホヤのお嫁さんにすぐ赤ちゃんが生れて私たちが交替で見物にいった上門先生も、もう六十八になられた。教え子も、髪に白いものがまじり、孫のいる人もある。名乗り合わなくても、入って来ただけで、その人の旧姓と名前が、四十年、どこに眠っていたのか、口をついて出てくるのである。

私が転校していった時、級長で、一番字がうまくて体格がよくて美人だった小田逸子さんは、病院長夫人で着付学院の院長さんである。大きなカフェーのお嬢さんで、子供の癖に色っぽかった内田順子チャンは、料亭のママさんであり、相変らず色っぽいお祖母ちゃまになっていた。

名物の豚骨《とんこつ》も春寒《しゅんかん》もおいしかったが、一番のご馳走はみんなの顔であった。もう二度と逢えないかも知れないね、といいながら、こういう時は、どうして、他愛ない話しか出来ないのであろう。何をしゃべってもおかしく、なつかしく、黙っていると鼻の先がツーンとしてくるので、私達はやたらに肩を叩きあい、笑ってばかりいた。

私はこの席で、先生に叱られた。

「向田のテレビはみんな見とるが、子供が出てこんのはいかんなあ」

甲斐性なしのひとり者で子供がないものですからと言いわけを言い、以後、気をつけますと頭を下げたが、五十近くにもなって、小学校の先生に叱られるのは何と幸せなことであろう。四十年の歳月は一瞬にしてケシ飛んで、壮年の先生が、長い竹の棒で、前列の生徒の頭を小突きながら、

「やっせん!」(駄目じゃないか)

熱心に叱り教えて下さった図がよみがえってくる。物を習うこと、知ることの素敵さを教えて下さったのはこの先生なのである。意地悪をしあったり、一緒に立たされたり遊んだり——女の子に生れた面白さを分かちあったのも、この時代の、その夜集った友達なのである。

今、幸せなのかどうか。それは知らない。間に戦争をはさんだそれぞれの歳月は、

一晩の語らいで語り尽せるものではないし、ひとつ莢《さや》の豆が散らばるように、それぞれの場所で、花を咲かせ実を結べばいいということなのであろう。

あれも無くなっている、これも無かった——無いものねだりのわが鹿児島感傷旅行の中で、結局変らないものは、人。そして生きて火を吐く桜島であった。

帰りたい気持と、期待を裏切られるのがこわくてためらう気持を、何十年もあたためつづけ、高い崖から飛び下りるような気持でたずねた鹿児島は、やはりなつかしいところであった。

心に残る思い出の地は、訪ねるもよし、遠くにありて思うもよしである。ただ、不思議なことに、帰ってくるとすぐ、この目で見て来たばかりの現在の景色はまたたく間に色あせて、いつの間にか昔の、記憶の中の羊羹色の写真が再びとってかわることである。思い出とは何と強情っぱりなものであろうか。

（ミセス／１９７９・５）

2

同行二人　小泉とみ夫人の個展をみて

展覧会の楽しみは、案内状を頂いたときからはじまっている。

小泉とみ個展

このたび母の油絵の個展をひらくことになりました。
御覧いただけましたら倖せと母に代り御案内申しあげます。

秋山　加代
小泉　タエ

思えば、二人の令嬢方からこの案内状が私のところに舞い込むことからして、不思議なご縁といえよう。

物心ついて以来、わが家において「小泉信三」という名前は、特別な響きを持っていた。

十年前に死んだ父が、終生憧れた人なのである。

父は「小泉信三」という名前を口にする時、ちょっと居ずまいを正して、さも大事そうに発音した。

能登の漁村に生れ、人に誇れる係累もなく、無学と貧しさの劣等感に歯を食いしばりながら、どうにか人並みのところに這《は》い上った父にとって、「小泉信三」は、もう一度生れ変れたらこういう男に生れたいと夢みる、「胸に抱いた一粒の真珠」といったところがあった。

よもや、自分の死んだあとで娘が自分の短気横暴を随筆に書き、それがきっかけで「真珠」の令嬢方とお近づきになろうなど、思いもよらなかったに違いない。

しかも、とみ夫人が、

「面白いお父様ねえ」

と、父の人間像に好意を持って下さっていることを伺うと、私は、父に教えてやりたいと思った。感激屋の父である。「きっと泣くな」と、その顔まで見えるようだった。

そんなわけで、「お父さん、展覧会に連れてって上げるね」――同行二人というつもりで出かけたのである。

　とみ夫人が絵をなさることは伺っていたが、私の気持にはゆとりがあった。もっとはっきり言うと、多寡《たか》を括《くく》ったところがあった。

　何といっても御高齢である。絵をはじめられたのも、かなり晩年と聞いている。品のいい枯淡な小品を想像して出かけたのだが、最初の一枚の前に立って、私は「あ」と声が出てしまった。見えない手で、ピシャッと頬を殴られた気がした。

　いい。本当にいい。

　色が豊かで、のびやかで、たっぷりしていて、はにかんでいるかと思うと、ドキッとするくらい大胆不敵で、女らしい甘さを見せるかと思えば、男も顔負けの思い切りのよさもある。

「梅原龍三郎や中川一政や小絲源太郎がもし女だったら、こんな絵を描いたんじゃないでしょうか」

　私は興奮して、こんな失礼なことを会場においでになった長女の秋山加代さんに言ってしまった。

「小さな花束」

「百合と人形」

「棚の一隅」は特に好きだ。二十号の大作「花々」と「フランス人形エミール」は、盗んで帰りたいと思った。

花や人形の向う側に、描いている人の、いきいきした目があった。

それは、そのまま、生きることを楽しみ、面白がっている目に見えた。

絵を描く、ということは、本当はこういうことなのだ、と教えられた気もした。

それにしても、十年かそこいらの研鑽《けんさん》で、どうしてこんなみごとな作品が生れたのだろう。

生れながらの資質は勿論だが、このかたは絵筆を持たなかった前半の半世紀にも、気持の中で絵を描いておられたのではないか。

戦争をはさんで、哀しいこと、辛いこともおありであったと伺っているが、そんな時でもこのかたは、人の気持や物のかたちを、そのときどきの世の中の色を、曲げることなく見ておられたのではないか。

そういうものが、よき師とあたたかいまわりの励ましに包まれて、いま一度に花を開かせたのであろう。

そして、そのうしろに、やはり大きな「小泉信三」という人の姿を見ないわけにはいかなかった。

妻に、これだけの絵を描かせた男の立派さを考えた。あたたかな花の色は、四十九年を共に生きた夫の愛の深さなのだ。

父が生涯かけて憧れ惚れた男は、やはり凄いほんものだったんだな、と思った。

会場の望月画廊を出て、いま見てきた絵を目の底で反芻《はんすう》しながら歩いていたら、「小泉信三」と発音する時の、父の口許が見えてきた。男の子が、たった一粒の飴玉を口の中で転がすように、本当に、本当に大事そうに言っていた。その口許に一時期生やしていた、夏目漱石の出来損いのような口ひげまで見えてきたのである。


（三田評論／1978・8・9）

劇写——明治大正文学全集

篠山紀信

子供の頃胸を患って、小学校を一年近く休学したことがある。安静を守らせようとしたのだろう、親はよく私に「ぬり絵」をあてがった。テンプルちゃんとベティさんが多かった。はじめてつきあった女優はシャーリー・テンプルということになるわけだが、見たこともないアメリカの女の子の洋服にどんな色を塗ったらいいのか、十二色の王様クレヨンの蓋を開けたまま、いつも途方に暮れていた。

その時の私の身なりといえば、小菊を散らした海老茶の銘仙のお対《つい》に臙脂の別珍の足袋である。東京・山の手の野暮ったい月給取りの家庭であったが、母はボッテリと厚い縫い(刺繍のことをうちではそう言っていた)のある水色の半衿や、朱とねずみのよろけ大名《だいみょう》の錦紗《きんしゃ》のよそゆきを持っていた。梅雨があけると、藤色の麻の葉を描いた白麻の着物に藤色の小さなパラソルをさして出かける姿を見た。

篠山紀信氏の女優シリーズを拝見した時、驚きより懐しさが先にきたのは、女優たちの着ているもののせいかと思っていたが、すぐにそれだけではないことに気がついた。

私にとってこれは『明治大正文学全集』である。

子供の頃、親の目をかすめて納戸にもぐり込み、父の本箱から引き抜いて読んだあの本なのである。夏目漱石『虞美人草』の藤尾、『明暗』のお延、有島武郎『或る女』の葉子、樋口一葉『にごりえ』のお力《りき》、森鷗外『雁』のお玉、芥川龍之介の『秋』の信子——。

よく聞こえない茶の間のラジオが気負った調子で「日独伊三国同盟」を伝える頃、少女がせいいっぱい背伸びして、大人の女の世界を手さぐりしたようなものの、おぼろげにゆらめく陽炎《かげろう》を見るのが精いっぱいだったのが、いま四十年ぶりで物語の女たちに出逢うことが出来たのである。母の鏡台にのっていたレートクレームの匂いがしてくる。躯《からだ》の弱そうなひとの袂には、祖母の使っていた清心丹やヘプリン丸が入っているのではないかと思われた。こんな「ぬりえ」なら私だって塗りたいが、長襦袢やしごきの赤は、十二色の王様クレヨンでは間に合わないおとなの色なのである。

テレビの脚本を書き始めて十年になるが、女優というものがいまだに判らない。選ばれた人なのか人身御供《ひとみごくう》なのか。美しい人は、少し不幸で愚かであって欲しいと願うのも、また正直な女の気持である。

私は、篠山氏が、女たちの胃袋まで写しておいでなのに感動した。登場する女優たちはみな粗食である。先っぽの剝《は》げた塗箸をチャラチャラ言わせて、沢庵でお茶漬をかきこんできたように見える。あれは『濹東綺譚《ぼくとうきだん》』のお雪だったたか、たずねていった男の前で、鍋のふたをあけ、さつまいもの煮ころがしの匂いを嗅いで、饐《す》えていないかどうかたしかめる場面があった。これだけで、女は美しい娼婦の味方になれるのである。

女にとって、写真にうつされるのは、身をまかせるのに似ている。

いいかしらなことを言ってはいるが、所詮、女にとって男は判らない。それ以上に機械のことは判らないから、男に写真機を持って構えられると、それだけで着物を一枚はぎ取られた気持になる。うつされることが職業の女優はその点どうなのであろうかと思ってたずねたら、「相手によりけりね」という答がかえってきた。相手にとって不足はなかったのであろう。このシリーズの女優たちはみなういういしく無心である。正直な顔をしている。テレビドラマに出るときより美しい。

ドラマはスジであるとおだてられることがあるが、これを見ると、眉ツバだということがよく判る。

物語のない、何の何子か役名もない女たちが、どのドラマの主人公より生き生きと、ドラマチックに見えるのである。一枚の写真に過去があり、しがらみがある。女たちの明日が気にかかって仕方がない。一行のセリフもないのに、この始末なのである。

すぐれた素材があり、すぐれた衣裳の選び手がいて、それを生かす髪を結う人化粧をする人がつき、更にそれを一瞬の宇宙にとらえる天才がいれば、へたなドラマの書き手は不要なのであろう。まさに「劇写」である。

女優はみなひとり芝居である。肌のぬくもりを残してつい今しがた立ち去った男や、待たせている男がいる筈なのだが、不思議なことに男優の顔が出てこない。

そういえば、あぶな絵に大豆右衛門《まめえもん》のいるのがあると聞いたことがある。絵のすみに、豆粒ほどの男が描かれている。作者の分身なのだが、夢うつつの男女をのぞき見して、やれやれかなわんなあ、とおどけたり、そっと目をそらしたりして見せるという。誰よりも冷たい、それでいて誰よりもあたたかな観察者である。女優シリーズの見えない相手役は篠山紀信氏である。描かれてない大豆右衛門も、また篠山氏である。私にはそう思えて仕方がない。

（女優／1979・7）

雷・小さん・ブラームス　巌本真理

巌本真理は笑わない人だと思っていた。グレタ・ガルボがヴァイオリンを弾いているような端正な美貌は、天才少女と騒がれたソリストの頃から、円熟の中年を迎え、巌本真理弦楽四重奏団のリーダーとして室内楽一筋に活躍中の現在まで、ステージではほとんど笑顔を見せたことがない。

美しい人が笑わないのは神秘的である。

そのせいか、ヴァイオリンの音色のほうも、豪放でいながら透明、情熱的でいながら底冷たい凄味を持つ〝笑わない音〟のように私は聞いていた。

ところが――

素顔の巌本真理は何とも笑い上戸なのである。

音楽というものは一体どこから生まれるものでしょう。弦ですか弓ですか、それとも指ですか、弾く人の心ですか、とまず素人の厚かましさで愚問を発したところ、

「まあ面白い。あたしそんなこといっぺんも考えたことなかったわ」

体を二つ折りにして楽しそうに笑うのである。

落語が好きで小さんがひいき。

「あのにらみがたまらないわねえ」

もうひとり浅香光代。

「いようミッチャン、待ってました！」

なんともいい間で、掛け声の実演までして下さるのである。

浅草の奥山劇場の楽屋で、友人が引き合わせてくれた。

「胸がドキドキして口が利けないの」

諸肌《もろはだ》脱ぎの女剣劇の女王は、目の前で畏《かしこ》まっているひとがヴァイオリンの女王だとは知らなかったらしい。

「わたしのこと、ヘンな顔して見てたわ」

格別のお言葉は賜らなかったそうだ。

ステージでは黒と白しか着ないが、

「うちでは派手よ。いろんな色のネグリジェをいっぱい持っているの」

ククククと笑う。

飲んべえのインコがいて、女主人と一緒に晩酌をする。うすい水割りに酔っぱらって、女主人の膝でコトンと寝てしまうという話に、また楽しそうな笑いのピチカートがはさまる。

「一番大切なもの？　決まってるじゃないの」

ヴァイオリンと思いきや、目が先に笑って、

「お金よ。おあしがなきゃ老人ホームに入るとき困っちゃう」

力のある人は言葉を飾らないものだが、それにしてもざっくばらんな答と笑顔だった。

五歳の時から四十六年。

半世紀近い歳月、ヴァイオリンを弾き続けた体は背骨が曲り、背幅は大人並みだが、前身の幅は子どものサイズしかないという。

手は勁《つよ》く大きい。

痛ましいほど短く切った爪。クリームや乳液を拒絶した、女の手というより働き通した人間の手であった。羊の腸を縒《よ》って松脂を塗った固い四本の弦を、微妙に押さえ震わせて、目に見えない音を探し続けたけわしい指であった。その指に大ぶりの指環

がひとつ。父上の形見だという。

幼い娘にヴァイオリンを与え、小学校三年で学校を止《や》めさせて、ヴァイオリニストとしての専門教育を受けさせたのは父上であった。

最も心をひかれる作家は幸田文。

「あの文章、まるでモーツァルトとブラームスが対話しているみたい」

幸田文も露伴という偉大な父を持つ人である。剣道六段、早稲田大学ボート部キャプテン。乗馬の得意な、恐らく美丈夫だったろう父上を愛しながら時に反撥《はんぱつ》し、また懐に舞い戻ったこの人は、幸田文の世界に自分の姿を重ねて読むのかも知れない。

ぼつぼつ白いものもまじり始めた長い髪は、無造作に束ね二、三本のピンで結い上げてある。何度か恋をして、その恋を失うたびに思い切りよく髪を切ったというが、いまは伸びて腰までの丈がある。

「尽くし過ぎてうっとうしがられたのね」

全力投球型で、弟子を取った時も生徒はケロリとして帰ってゆくが、教えるこの人はクタクタになったという。恋人に対してもそうだったとほろ苦い笑いをみせていたが、結局この人は生身の男よりヴァイオリンに尽くすほうを選んだということなのだろう。

最も心に残る演奏会は、東京大空襲の翌日、日比谷公会堂で催されたものだという。

すでに一度焼け出され、避難先の巣鴨も焼夷弾に見舞われた。ヴァイオリン・ケースだけを抱えて道端の防空壕に飛び込み命を拾った。こわくはなかった。明日演奏する三つの曲だけが頭の中で鳴っていた。

一夜明けたら一面の焼野原である。カンだけを頼りに日比谷に向って歩いた。公会堂近くまで行くと、沢山の人が自分の方へ向ってくる。その人達は、巌本真理を見つけ、〝あ〟と小さく叫んで、くるりと踵《きびす》を返すと公会堂へもどって行った。恐らく来られないだろうと出された〝休演〟の貼紙で、諦めて帰りかけた人の群れだったのである。その夜の感想はただひとこと。

「恥ずかしかった……」

煤《すす》だらけの顔と父上のお古のズボン姿で弾いたのが恥ずかしかったというのである。明日の命もおぼつかない中で聞くヴァイオリンは、どんなに心に沁みたことだろう。その夜の聴衆が妬《ねた》ましかった。

ブラームスに出逢ったのは、アメリカ留学中のエレベーターの中である。

戦後すぐ渡米したが、ビザの不手際で演奏活動が出来ない。お金もないのでアパートのエレベーター係などしたが、管理人がラジオを貸してくれた。時々蹴っとばさないと聞こえなくなるオンボロだが、手動式で上り下りするエレベーターの足許に置いて聞いていた。そのラジオが、或る日ブラームスのヴァイオリン協奏曲第一番を聞かせてくれたのである。

感動した。貯めたお金でブラームスの楽譜を買いあさった。今でもブラームスが一番好きだという。

こういう話をする時、この人の瞳の奥に小さな蠟燭《ろうそく》が燃える。

それにしてもこの人は美しい。

白粉気なし。口紅だけの顔には、正直いって年相応のやつれもみえる。しかし、それすら、この人は「美」にしてしまっている。巌本真理にとって、音楽は何にもまさる栄養クリームなのだろう。

気むずかしいと思った人は意外に気さくであった。威厳に満ちた完全主義者と見えた横顔は、天衣無縫な姐ちゃん嬢ちゃんですらあった。

朝はミルクコーヒー一杯だけ。練習や演奏会が終わるまでは、固形物は一切口にしないという禁欲的な暮らしの中に、ベートーベンやモーツァルトとならんで、小さんや浅香光代や掃除洗濯がケロリとした顔で同居している。下世話なクスクス笑いやヤケ酒の味もご存知なのである。

高い山ほど裾野が広い。

ちょっと見には不協和音とも思えるさまざまなものをすべて呑み込んだ上に、深く静かな、生きることの意味をしみじみ考えたくなるような室内楽があるのかもしれない。

別れぎわに、楽器以外の好きな音を伺った。

「雷」

稲妻が走り雷鳴が轟《とどろ》くとワクワクして豪雨の中へ飛び出したくなるという。

大自然が奏でる一瞬の「フォルティシモ」は、強く激しく潔く生きてきたこの人に、まさに似合いの音楽なのだろう。

（家庭画報／1977・2）

余白の魅力

森繁久彌

手の美しい人である。

ガッシリと男らしい、それでいて、やわらかな表情を持った、実に豊かな手をしている。テレビの画面で、この手が顔をおおって泣く時、あるいはうそ泣きで、指の間からまわりをうかがう時、その他さまざまな時に、お目をとめていただきたい。

手はみごとな芝居をしている。

おみ足は拝見したことがないから知らないけれど、足の芝居も、鮮やかなものである。私が脚本を書いている『だいこんの花』の場面で、父親役の森繁さんと、息子役の竹脇無我さんが、夜ふけに茶の間で逆立ちをする場面があった。

森繁さんは和服のまま、らくだ色のもも引きに、黒い足袋をみせてヒョイと、片足をもち上げた。この足が、妙におどけた形で内側にねじ曲っていた。老いた父親の哀しさ。成人した息子と一緒に、ふざけるひとときの楽しさを、この足はどのセリフより雄弁に語っていた。「この足だけで、百万円のギャラの価値があるわねえ！」私は試写室で、はしたない叫び声をあげてしまった。

森繁さんをみていると、神様は何と不公平なものかとひがみたくなってくる。

絵がうまい。字がうまい。

詩を書けば、北原白秋か朔太郎かといった大正のロマンが匂うし、エッセイを書けば、そのへんの駆け出しよりよっぽど含蓄がある。普段何気なくいうひとことが、そのまま名セリフになっている。ダンスはプロ級、スピーチは日本一。こういう人の脚本を書くのは、まったく憂鬱な仕事である。

どう転んでも、こっちは十分の一の人生経験もない。破れかぶれと背のびで、必死に食い下がって十年余りのおつきあいになってしまった。

二千八百本つづいた『森繁の重役読本』そして『七人の孫』から『だいこんの花』まで――思えば、さしたる才も欲もないズブの素人の私が、どうやら今日あるのは、フンドシかつぎがいきなり横綱の胸を借りて、ぶつかりげいこをつけてもらったおかげと有難く思っている。

森繁さんで感心するのは、抜群の記憶力である。セリフ覚えのよさにかけては、この人と森光子さんは、双璧である。

コツは何ですかと聞いたら、パッと台本のページをめくって、感じで覚える、という意味のことをいわれた。字の並び、漢字と仮名のまざり具合、セリフとト書きの感じを、連続した光景のように、何枚かの絵のように、頭の中で記憶されるのだろう。絵心と特有のイマジネーション、そして、ことばに対する鋭い感覚がなくてはとてもこういうわけにはいかないだろう。絵で思い出したが、森繁さんの芸の特色は、この人の描く色紙と同じに〝余白〟の魅力である。セリフとセリフの間《ま》、歌う前の、短い一瞬がおもしろい。この人は、ほかの人の一秒を、十倍にする能力と、十秒を一秒にする奇妙な能力がそなわっている。

森繁さんが、いままでに演じた人物の数は、おびただしい数にのぼるだろうが、私は駄目な人物が好きである。

失礼だが、犬にたとえればコリーやボルゾイではない。みごとにしたたかな雑種の極上である。梨園の名門でも、新劇のプリンスでもない。毛並みかならずしもよろしくない一匹狼だからこそ、かえって実にやわらかな姿勢で映画からステージ、そして、テレビと、各分野で自在な活躍をみせているのだろう。

私は、この人の、一滴胡散臭《うさんくさ》いところが大好きだ。正義を説き純粋な感動をさそいながら、どこか一パーセント嘘っぽちな、曖昧なところのまじるおもしろさ。ローレンス・オリヴィエも、中村勘三郎も、みんなこの匂いがする。人間というのは、こんなものではないだろうかと思う。この胡散臭さがなくならないかぎり、私は、この人の脚本を書きつづけてゆきたい。そう思っている。

（スタア／1975・3）

男性鑑賞法――1

宮崎定夫（ヘア・ドレッサー）

女は気まぐれである。

そして、女の髪の毛はもっと気まぐれである。このふたつの生きものにつきあって、

「サダオ」「サダオちゃん」

と大モテのヘア・ドレッサー宮崎定夫とは一体どういう男なのだろう。

十八年前、この人は絵描きになるつもりで日大の芸術科に通っていた。油絵はお金がかかる。親にすまないな、と思いながら、往き帰りの国電の窓から、大きくまたたく「山野美容学校」のネオンを、

「あれはなんだろう」

と眺めていた。

或日、駅を下りたら、女の子が大勢ゾロゾロ歩いてゆく。一緒について行ったら「あれはなんだろう」の願書受付の日だった。というようなことを陽気にしゃべりながら指先は休みなく髪をすくい上げ、目にも止らぬ早業でカットの鋏を鳴らしてゆく。

このまま駅伝マラソンにでも出場出来そうな胸板の厚い体格である。指も「白魚」というより失礼ながら「鱈子《たらこ》」である。しかし、この人の神経は、女の髪の毛よりも細くデリケートのようだ。

「百パーセントカッチリ仕上げるのは嫌い。女の人が指先で掻き上げるゆとりを残したい」

どんなに美しく結い上げても、おもてへ出れば風になぶられる。一夜明ければ寝乱れ髪。

美容師とは因果な商売である。賽《さい》の河原の石積みのように、すぐ崩れると判って女の髪を結い続けなくてはならないのだ。この人は冷めた目で乱れや崩れを計算に入れている。

女たちは、鏡の中の自分を見つめながら、自分を美しくしてくれるサダオちゃんに世間ばなしをする。サダオちゃんは、その一人一人に、びっくりするような誠実さで相槌を打ち答えている。

女にとって髪をとかすことは、涙であり溜息の代償である。美容院は心の憂さの捨て所なのだ。美容院の椅子の上では女は正直である。顔はメークアップしても、洗い髪では見栄をはりづらいのかも知れない。髪をまかせることは身をまかせるのにちょっと似ている。

サダオちゃんは、束の間の恋人であり楽天的な牧師であり、モグリの占い師であり、秘密を守ってくれる精神分析医なのだろう。それでいて身辺極めてご清潔。

「生れてから人を憎いと思ったことも殴ったこともないの」

と聞くと、この人は六本木のシュヴァイツァー博士ではないかと思えてくる。

「ぼくは髪結い」

と言い切るだけあって、パーティーにゆく時でもポケットに鋏を忘れない。

約束の時間には絶対に遅れない。

おごり魔。筆まめ。

にぎやかなくせに、この人はひどく哀しい目をしている。辛いことを打ち明けたら一緒に泣いてくれそうな目だ。

髪の毛を通して、女の美しさのうつろい易さとはかなさ、そして愚かさを見てしまったせいかも知れない。絶妙の技術と、このやさしさの二刀流が、女心をしびれさせ、東京とニューヨークを行ったりきたりの売れっ子にしてしまったようだ。

どの男よりも大胆に事業を伸ばし、どの女よりもやさしく、鏡の中の女たちに気を遣う。荒い声を立てたことがない。一体、この人はいつ裸の自分にかえるのだろう。

寝るときはベッド。

「なんにも着ないで裸です」

色っぽい答でイナされてしまった。

やさしさも、ここまで徹底すると、少しばかり恐くなる。

油絵を描きたかった夢をさりげなく見えないポケットに納《し》まって、鏡の中の女たちの髪の毛で、すぐこわれてしまうフワフワした絵を描きつづけてゆくのだろう。

猫好きで、六本木と、友人と共同で借りているニューヨークのアパートに猫が待っている。アメリカの猫も日本語でおはなしをするという。

もうひとつ惚れているのが籐の家具。そういえば、六本木の店の待合コーナーのテーブルも椅子も鏡の縁も、籐製だった。髪の毛も籐も、細くたよりなげにみえる。からみつき、撓《しな》い、それでいて、したたかで強い。

この人は、こういうものに憧れか恨みがあるのだろうか。フロイトとやらの深層心理で計ると、何か手がかりになる答が出るのかも知れないが、学のない私には到底解けない謎々であった。

男性鑑賞法――2

岩田　修（魚屋）

霞町に岩田屋という魚屋がある。

大通りから一本入った路地の、しもた屋風の目立たない店だが、何より品《しな》がよく、家族だけでやっている商いも好きで、十年以上も前から魚はここと決めていた。

背の高いやせぎすの、魚が好きでたまらない、といった風の主人。テキパキしたおかみさん。父親に似てヒョロリと背の高い高校生の長男が、野球帽をかぶって、はにかみながら配達を手伝っていた。ふっくらした可愛いその妹も、長靴をはいてタイルを水洗いしていた。

そのうちに、長男の頭から野球帽が消えた。空地に濃紺の新車が光り、日曜などせっせと車をみがいている姿が見えた。「魚屋の息子さん、車を買ってもらったな」

やがて、息子は父親とならんで店に立ち、包丁を握って魚をおろす姿が見られるようになった。妹がお嫁にゆき、入れ替りのように、息子に美人のお嫁さんがきた。新婚旅行から帰ったばかりのお嫁さんが、ゴム長をはいて、若い夫の隣りでキビキビと立ち働くのはなかなか新鮮な眺めであった。

私は、東京に住んでいるうちは、この岩田屋で魚の面倒をみてもらいたいと思っていたので、引越す前に相談にいった。主人は私の差し出す地図をにらんでいたが、

「ようがす」

と配達を承知してくれた。その足で私はマンションの手金を打った。

店の奥の茶の間に、赤んぼのおもちゃが転がるようになり、息子はだんだんと父親に似てくるようであった。

客としてつきあうようになって十数年目に、初めて内玄関からこの家に上ったのである。

そして、間口にくらべて奥行きの広いのにびっくりした。

奥行きの広いのは、家の造りだけではなかった。二階の若夫婦の居間には、天井まで届く大きな本棚が二つもあり、世界文学全集や宇宙関係の本がギッシリつまってい

る。二人の子供たちのために、みごとな五月人形も飾られ、お嫁さんが長年やっているという茶道具も優雅に置かれていた。そして、さっきまで魚をおろしていた魚屋のオニイさんは、国体予選までいったフェンシングの名手だったことを初めて知ったのである。長い間、岩田屋の息子さん、と言っていたこの人が岩田修という名前であることを初めて知った。

少年時代は魚屋の家業が嫌で、特に活《い》き魚をおろす時、殺生を感じてたまらなかったが、ごく自然に父のあとを継いでいました、と爽やかに笑っている。

「奥さん、今日はブリのアラがいいですよ」

とやっているこの青年に、野球選手になりたかったが、体をこわしてあきらめ、お次は小唄を習い、落語の台本を書こうと思った一時期があったなど、ちょっと想像がつかないだろう。

朝六時半に起きて河岸へゆき、夜七時までめいっぱい働いて、夜はウイスキーを飲みながら宇宙小説を読むのが楽しみという。

出刃を握るこの手は、ブラスバンドで小バスをやり、フェンシングをやっていたのである。

腰の低い平凡な魚屋のオニイさんの顔を十数年見せられてきた私は、何やら完全犯罪をやられたようで、アッケラカンとしてしまった。豊かに飾られた居間ではカナリアがさえずって、いたずら盛りの二人の子供が若い父親に甘えている。七年越しの大恋愛で結ばれた恋女房手製のショートケーキは素人離れした味だった。

これが人間の暮しだな、と思った。理くつを言わず、肩ひじ張らず、ごく自然にやりたいことをやってキメ細やかに暮す静かな男の人生があった。

魚へんに豊と書いてハモと読む。魚ヘンに男と書いて何と読むか知らないが、本当の個性的な暮しはこれではないか、という気がしてきた。

これからも岩田屋のオニイさんは、そ知らぬ顔をして「いらっしゃい！」とやっているだろう。家業にはげみ、四季を楽しみ、妻子を愛し、趣味豊かに生きてゆくだろう。町の片隅に、こういう男性がまだ残っているのである。

男性鑑賞法——3

武田秀雄（漫画家）

一目見ただけで、およその見当のつく男性がいる。

サラリーマンのパパに教育ママ。団地で生れて建売で育ち、B級の大学にB級の会社。月収十五万円。二十六歳で結婚。子供は二人。三十歳で係長四十で課長。四十五で部長になり——人生の設計図が危げなく出来上っている。男性十人のうち九人はまずこうだろう。ところが、ごくまれに、これから先一体どういうことになるのか見当もつかない人物がいる。

四月のはじめ、東京有楽町の小さな個展で逢った画家がそうだった。

武田秀雄。二十七歳。

「もんもん展」と名づけられた通り「倶梨伽羅紋々《くりからもんもん》」つまり刺青《いれずみ》をテーマにした現代版画である。

全身いれずみのオニイさんが股火鉢、その火鉢の模様が唐獅子牡丹、なんてのはやさしいほうで、これまたいれずみのオニイさんのなさっているUNKOが、いれずみ模様という凝《こ》った作品もある。

面白かった。そして、日本人離れしたブラッキイなユーモア、線の確かさ、いたずらっ気に感心した。会場に置いてあるこの人の作品集「張夫人のレストラン」と「YOGI」。

二冊とも一コマ漫画集だが、その溢れるような才能にもう一度びっくりした。

大阪は天六の生れ。多摩美術大学彫刻科卒業。在学中はボクシング部のキャプテン、卒業後は家業の屋根屋を手伝い、金が貯まると東京へ出て展覧会を開き、ブラブラし、懐が乏しくなると大阪へ帰って屋根へ上る。

いま、ニューヨークで個展と作品集出版のはなしがあるという。

作品と経歴はスケールが大きいが、ご当人は小柄な男性だった。しかし、その服装と雰囲気のにぎやかなこと。

「八十日間世界一周」という映画に出ていたカンティンフラスというメキシコの男優そっくりのいたずら小僧のような顔。

「ニューヨークへいて、一発かましたろ、おもてます」式の大阪弁で陽気にまくしたてて下さる。

住所は――ま、不定としていて下さい。

恋人は――、これもゴチャゴチャですわ。

どこまで本当で、どこまでがサービス精神なのか、見当もつかない。それもこれも引っくるめて、この面白い才能は、これから先、吉と出るか凶と出るか、ピカソになるのか、トカゲのシッポか私にはサッパリ見当もつかないのだ。

大勢でおすしを食べていて、一個余ることがある。誰かが食べないとキマリがつかないのだが、手をのばすのは勇気がいる。

この人は、それをする人ではないだろうか。

わざと自分をダメ人間のように「飾って」言う。

デッサンの勉強をしたのは、子供の頃、路上に書いたいたずら書きだ、などととぼけて笑う。音楽も小説も、むつかしいもんはアキマヘン。閑があればごろごろ寝てます。

言いたい放題言っていながら、この人は気を遣っている。

自分自身を漫画として眺めている。人生の一コマ漫画として面白おかしく、それでいて突き放して見ているのだ。

自分には二枚目よりピエロが似合う。そう決めて、その役目をちょっぴり露悪的にあいつとめているようだ。

何でもズケズケズバリ物を言い、あけっぴろげにみえる男ほど実はきまり悪がり屋だ、ということがある。

羞恥心を持っていることを相手にさとられるのがいたたまれないほど恥ずかしく、わざと恥知らずに振舞う傷つきやすい男を、私はほかにも知っている。

こういう男は、恋人にも女房にも、いや自分自身にすら本心を見せないものだ。だから言葉通りに受取っていると、ときどき大きくアテがはずれる。

この人がくると、パーティーはきっとにぎやかになるだろう。しかし、一対一で向きあって暮すとなると、意外にデリケートでむつかしい男性だろう。

この人は、何だか知らないが「大きなもの」「強いもの」に対して怨念《おんねん》があるのではないか。彫刻をやっていた時、クラスで一番大作にいどんだという。この人にとってボクシングも、痛烈な漫画も、ドン・キホーテの風車の如く、見果てぬ夢であり、人生の仮面劇である。そして勝犬ぶって負けるより、負け犬の楽しみを取ったのだ。

私は子供の頃、よく遊んだ「大阪ジャンケン負けるが勝よ」という言葉を思い出した。

男性鑑賞法——4

結城臣雄（ＣＭディレクター）

女は、特に若い女は、どうして痩せた男が好きなのだろう。

ボブ・ディランを聴く時に、隣りにポテンと肥えたボーイ・フレンドが寄り添っていたのでは、落着きが悪いのかも知れない。苦心して選んだスカーフや、腕がだるくなるほど研究した最新のお化粧を引き立たせるのも、極太の男より中細や極細の男たちなのだろう。

ニワトリが先か卵が先かの論争ではないが、肉体が精神を生むのか、精神が肉体を作るのか。肥った肉体には、おっとりと肥った精神が宿り、痩せた人は精神にもゼイ肉がついていないことが多い。

もし、ハムレットが北の湖の肉体を持っていたら、あの悲劇は起らなかったろう。叔父の陰謀も母の不貞も、

「いいじゃないか。人生にはよくあることさ」

笑ってすませて、よく飲みよく食べよく笑い、恋人のオフェリアと結婚して、子沢山で幸せな生涯を送ったに違いない。

こんなことを考えたのは、お目にかかったCMディレクター結城臣雄氏の身長が百七十二センチ、体重が五十三キロだったせいだろう。

秋吉久美子を使った清涼飲料水のCM。

「キーラアキラア」というところにアクセントのある透明な画面は私も好きなひとつだが、これが彼の作品だった。

ご本人も、清涼飲料水のごとく爽やかな、細くて長くてキラキラしたひとである。そして悩めるハムレットである。

好きな動物は？　というような質問にも、すぐ犬とか猫とか答えない。まず自分の中の好き、という定義について語り悩み、ようやく見つけた一つの言葉一つの答えにすぐ疑問を持ち、割り切れない自分に笑いながら焦立っているあたりは、物を創り出す人の潔癖さをうかがわせた。

これではこの人は肥れないな、と思った。ただし、明るい。ユーモラスでもある。

「詩に痩せてまなこするどき蛙かな」

室生犀星のことを詠んだ（作者は誰だったろう。本人かもしれない）一句だが、このまま、このCMディレクターに捧げたくなった。ただし、蛙ではなくキリンである。

人間を動物に見立てるのは、サカナになるひとには失礼だが楽しい遊びである。

磯村尚徳は熊に似ている。

石坂浩二はネズミに似ている。

そして、この人はキリンに似ている。

キリンの顔をしげしげと見たことはないが、血のしたたるケモノの肉を食べずに、やわらかく美しいアカシアの葉と小枝を常食にし、平和的で少数の群をなして住むこの丈の高い動物は、この人のイメージだ。この人も四人でグループを作っている。名前は「サーカス」。

経営状態もサーカスの綱渡りのごとく、というジョークです、と楽しそうに笑っている。社長はアミダくじで決めるそうな。

理想の女性は？

「ないものねだりということかな」

あなたにとってCM制作の仕事は？

「開き直りということです」

ビールの小ビン三本を点火剤にして、やっとこの結論が出た。

この人はいま青春のまっただなかにいるんだなとこの人は思った。年をとると、こう楽しく迷ってはいられなくなる。羨ましくなった。

一番好きなものは「風」だという。物にも人にも風のように触わるのが好き。形のない、色のないものを一番好きだという人を、私は初めて見た。カンの鋭そうなこの細身の精神と肉体は、風の中に立つときっとぴったり似合うのだろう。

あなた自身のCMフィルムを作り、ついでに自分の値段をつけて下さいよ、と私は無理難題を吹っかけた。彼は即答を避け、四、五日たって電話がかかってきた。

高層ビルに囲まれた草むら。風の中に一人の男が空を仰いで寝そべっている。音楽はD・ボウイの「ワイルド・イズ・サウンド」かJ・レノンの「イマジン」。値段は、その土地の値段ということだった。ニクい答えである。

つけ加えれば、キリンは不器用そうにみえるが、走るスピードと耐久力は馬に負けないという。この人もきっとそうだろう。そういう目をしていた。

男性鑑賞法——5

水谷　大（美術商）

お茶の作法に「拝見」というのがある。

粗相のないよう指環や腕時計をはずし、畳にひじをついて、廻ってきた茶碗や棗《なつめ》をしげしげと眺め、したり顔で引っくり返したり、主人に銘を尋ねたりするセレモニーである。

今回、拝見するのは、若い美術商で、別にこわれ物でもないようだから、指環、時計なども失礼して、ゆっくりと鑑賞させて戴いた。

水谷大。二十九歳。

名は体をあらわして、一メートル八十一の大柄。ダークスーツに身を包んで、颯爽とホテルのロビーを斜めに突っ切ったあたりは丸紅のエリートかという感じだが、やや古典的なマスクは、衣冠束帯をつけて御所の廻廊を歩くのが似合いそうである。

生れも育ちも京都。

父親も兄も、姉も、姉の嫁ぎ先も、みな古美術商である。問題のある品が出ると、夜の夜中でも全員集合。秘蔵の古い資料と突き合せて、大ディスカッションになる。こういう場合、女は立ち入り禁止だそうな。この話を聞いて、私はマーロン・ブランドが演じた『ゴッド・ファーザー』を思い出した。このゴッド・ファーザーは、まだ幼いこの次男坊に、買って来た美術品の値踏みをさせたという。五万！　とか七万！とか答えると「よう当った。お前はこの商売に向いとるわ」と賞めてくれた。

「今から考えると、おやじさんにハメられていたんですね」

ということになるらしいが、これも見事な「教育」というべきだろう。

教育といえば、この人の受けた教育は一風変っている。

高校卒業後、大徳寺で修行僧として読経、坐禅、托鉢を体験。それから五年の東京遊学。

遊学といえば聞こえはいいが、老舗の美術商に住み込みである。おっとりと育った大店《おおだな》のボンボンは、掃除、洗濯から子守り、老主人の爪まで切る、というでっち奉公の中で、数多くの名品に接し、ものを見る眼を養った。

手厳しく鍛えたであろうこの老主人に、いま一番愛情を感じていると語り、父のような商人になりたい、とはっきり言うこの人に、私は京都のやさしさと怖しさを感じた。

「加賀はやさしや人殺し」

ということばがあるが、この源流は京都ではないだろうか。

東山三十六峰にたなびく春霞。だらりの帯にうす味の料理。ついうっとりと魂をとろかしてしまうが、考えてみれば京都はしたたかな千年の歴史を持っている。源氏も平家も勤皇も、はんなりとした京ことばでイナして栄えて来た土地なのだ。

「ぼく達は信用を買って戴く商売です」と語り、

「お客様のお宅に伺う時は内玄関から上らせてもらってます」

折り目正しく言ってはいるが、この若さで一国一城のあるじである。相当強気の売ったり買ったりと思われるが、いわばえげつない金銭のハナシも、京なまりで言われると、角がとれて聞えるから不思議である。テニスをやり、ギターを爪弾く近代性と、個人の貯金は一銭もナシ。金があれば品物を買うといい、陶磁器を扱う商売でいながら、灰皿はピースの空きカンで沢山、勿体ないという「あきんど」が、少しの矛盾もなく同居している。

いまは、主として絵画を扱っているそうだが、この人の財産は、お客様に売った絵だという。

「一枚残らず覚えています。目をつぶると、その絵で、ぼくの中に美術館が出来ているんです」

村上華岳、鉄斎、長谷川利行。好きな絵を見つけ、理解し愛してくれる人に売る。水谷大の瞼の美術館の豊かになってゆく仕組みである。

京都の伝統と東京のスピーディーな感覚。

この二つを武器に、彼が『ゴッド・ファーザー・パートⅡ』のように、父をしのぐ大商人になれるかどうか、それは今後のお楽しみといったところだろう。

最後に、私は美術品のほんものとにせものの区別を教えてもらった。答は、

「あたたかさです」

であった。この答は男性にもあてはまる。私はこの人の横顔をそっと見た。そして、安心した。

男性鑑賞法——6

倉本　聰（シナリオ・ライター）

前略倉本さま

久しぶりにお目にかかって、ふた廻りも大きくなられたのに驚きました。黒いサングラスでホテルのロビーを横切ってこられたところは貫禄充分、放送作家というより倉本組の代貸しです。

あなたのドラマの常連ピラニア軍団の室田日出男や川谷拓三と並んでテレビのＣＭにお出になったら、一番強面《こわもて》するのはあなたではないかと思いました。

ところで親しき仲にも礼儀あり。

セリフやト書きには人一倍うるさいあなたのこと、粗相があっては大変と、柄にもなくメモなど取り出して身構えたのですが、あなたのお答はまことに明快でありました。

五つのときはなにしていらした？

――ぼんやりしてた。

十歳のときは？

――山形へ集団疎開してた。

十五歳のときは？

――ハモニカ吹いてた。

二十歳のときは？

――浪人してた。

作家生活十四年。

書いたドラマは一千本。

増えた目方は二十キロ。

一千本の中には芸術祭優秀賞や毎日芸術賞など、数々の賞に輝く名作も多く、受け取ったトロフィーの目方も二十キロを超えるものと思われます。

秋さばではありませんが、今や目方も脂も乗り切って、向うところ敵なしの倉本聰と思いきや、何と――、

「幽霊と雷がおっかない」

とおっしゃる。

雷が鳴り出したら蚊帳《かや》をつって（この蚊帳も古典的なミドリ色で、取手のところに赤い布がついていなくてはいけないのです）、もぐり込みたいけれど、モダーンなお住いの悲しさで、蚊帳がつれない。仕方がないので、鉛筆をおっぽり出して、部屋のまんなかで震えているというのですから嬉しくなります。

出来る料理はひとつもなし。

パンツも洗ったことがない。

女優で美人のほまれ高い夫人にかしずかれ、あなたに心酔する若い衆がいつも居候をしている――羨しいようなお暮しぶりですのに、

「気を遣うと仕事にならないでしょう」

北海道に仕事場を持たれるとは、何と心やさしく、ぜいたくにしてきびしいお方かと感動してしまいます。

中略倉本さま

ゴルフ灼けした黒いお顔からは、対人赤面症とおっしゃるお顔の赤らみはうかがい知ることは出来ませんでしたが、ペンネームの倉本聰は、倉本屋という親戚の屋号と、妹さんの聰子《としこ》から取ったというエピソードに、あなたのテレを感じました。

人の三倍はあろうかという大目玉に、はにかみの色が浮かぶのが恥しくて、あなたはいつも黒眼鏡をかけておいでなのでしょうか。

女は気だてとやさしさ。

男は誠意。

とあなたはおっしゃってましたが、倉本ドラマには、たしかに男のやさしさとはにかみ、そして、あたたかさと心意気があるように思います。

「女の嘘だ。許してやりな」

「男にいたわりは不要です」

「それは——反《かえ》って——辱《はずか》しめることです」

あなたのドラマには、男心を酔わせ女の胸をうずかせるセリフがちりばめられています。近刊の倉本聰テレビドラマ集1『うちのホンカン』を、私は短篇小説集として読みました。あなたが顔を赤らめ、はにかみながら男に惚れ、女に惚れ、役者に惚れ、北海道に惚れているのが伝わってきます。

父を恋い母を慕い、涙もろくてそのくせ怒りっぽく、

「俺のやな奴はね、偽物！　それから——偽物と本物の区別のつかない奴、本物になろうと思ってない奴、本物を判ろうとも思わない奴」

というあなたの怒りも聞えてきます。

この本を若い女性に読んでもらいたいな、と思いました。

これは美しい日本のことばの本です。

口説き文句のお手本になります。そして、「男」を理解する何よりの手引きでしょう。

後略倉本さま
ご自愛の上これからも名作を。ただし目方だけはもう一キロもお増しになりませんように。

男性鑑賞法——7

小栗壮介（ファッション・デザイナー）

世界で一番古いデザイナーはミケランジェロで、作品はヴァチカン宮殿の衛兵のユニフォームだという。日本では、女に黒の喪服を着せることを考えた尾形光琳だと聞いたことがある。

ミケランジェロ先生デザインの実物は拝見したことはないけれど、光琳のほうはお葬式をのぞけば今でもお目にかかれる。黒一色に白い衿白い紋白い足袋。うつむいた衿足や手首の数珠や涙まで計算に入っている。女を色っぽく見せる点では、花嫁衣裳より上だろう。

いずれにしても、何世紀もあとまで女たちをしびれさせる名デザインを残したわけだ。

もし光琳がデザイン料を歩合制で取っていたら、恐ろしく儲かったに違いない。こんなことを考えながら、新進のニット・デザイナーにお目にかかった。

小栗壮介。二十九歳。

歌手の三善英史を思わせる顔立ちである。

白いセーターに黒いスカーフ、グレイのズボンは、商売柄さすがにキマっているが、それより和服のほうが似合いそうだ。パリで勉強していたと聞いたけれど、身のこなしや雰囲気は「洋」よりも「和」である。

生れは神楽坂。料亭の息子で、母親が日本舞踊の師匠と聞いて、なるほどと納得した。

この人は、質問してもすぐには答えない。

少し考えて、それから、表情をあまり変えず、低い声で静かに話す。

デザインする時、特定の女性をイメージに置くのかしら？

まず、ウーンとうなる。

「そうですねえ」

三十秒考える。

「別にないです」

女の体でどこが一番好き？

この答も同じである。

「ウーン」「そうですね」「別にないなあ」

好きな色と嫌いな色。

腹の底から泣いたことはありますか？

あいつにはかなわないと思った相手は？

死ぬほど絶望したことは？

私の聞き方がヘタクソなせいもある。しかし、これらの答は、みな同じなのだ。人なつこく微笑みながら、

「ウーン」「そうだなあ」「別にないなあ」

私は判らなくなってきた。クールなのか。正直なのか。それとも恐ろしく慎重なのか。どちらにしても、こういう場合、多少のサービス精神とハッタリをまぜて、適当なことを言うのが普通なのに、この人は違うのだ。ごく自然に「ない」「判らない」という。

それでいて、やることは見事にやっている。

ニットのデザイナー兼社長として活躍している。作品も見せてもらったが、さりげないなかに押えた色気があって、女の子の泣き所を知っている。

私は競輪の選手の話を思い出した。競輪は、先頭に飛び出すと、風当りが強くバテてしまう。二番手につけてゴール寸前に追い抜くのが勝のコツだという。戦場でも、軍旗を手に、「進め!」と大声で号令をかける勇敢な兵士ほどタマにあたって戦死するのだ。

いつも二番手について「不倒翁」(起き上りこぼし)といわれた周恩来首相のことも頭に浮かんだ。

本当にコワいのは、こういう男かも知れない。大きな身振りで大演説もブタず、人を殺さず、自殺もせず、勿論倒産もしない。気がつくと高い所へ上っている。

これもまた強烈な個性だろう。

好きな作家はサリンジャー。

惚《ほ》れてる画家はデヴィッド・ホックニー。

ゆっくり話すと、堅実な未来の抱負やデザイン論も語ってくれた。私よりずっとしっかりしているな、と感心した。感心しながらも、あまりにみごとな平衡感覚が不思議だった。

ドン・キホーテではないが、見果てぬ壮大な夢を描いて突進し、傷つき絶望し這い上るのが青春だと私は思っている。一生に一度しかない、苦くて甘い闘いの場だと思う。

しかし、現代の若い成功者たちは、そんな無駄道はしない。夢も希望も程のいい大きさなのだ。彼の白いセーターは、恐らく汚れることはないだろう。赤いヘルメットをかぶって暴れる男たちよりも、この人のほうが強い。そして、「柳に雪折れなし」とは、名言だな、と思った。

男性鑑賞法――8

尾崎正志（摺師）

パリ留学から帰った二十五歳の版画の摺師《すりし》がいるという。

絵師、庭師、いれずみ師……大体師のつく男の職業にはクラッシックな色気がある。これにフランスという色がかかっているわけだから、長髪・繊細――若き日の横尾忠則を想像して出掛けていったら、全くアテがはずれてしまった。

赤坂のマンションのガレージを改造した殺風景な工房には、印刷機械のようなものが二つ三つ。三十キロはあろうかという石版石を汗だくで平らに摺り磨いているGパンに地下足袋、坊主頭のカッコいい土方のお兄サンが当の本人尾崎正志であった。

地下足袋は腰が決って力が入るから。

坊主頭は摺りの最中に髪の毛が落ちるといけないから。

この職業は重労働。女の摺師は一人もいません。

朝九十四センチの胸囲が、夕方仕事を終る時には九十八センチになるという。

「とにかく腹がへります。収入の半分は、工房の三人の仲間と行く近所の中華料理屋に払ってますよ」

ところが、こと「色」になると、この土方のお兄サンは、ヘタな物書きそこのけの実に豊かな表現力で、生き生きと自分の世界を語りはじめる。

「摺りの感覚の冴えてる時は、通り過ぎる車の色を見ても、一瞬にしてインクの配合がピンとひらめくんです」

摺師の腕は、画家から渡された原画を見て、即座にインクの色を出すことにある。インクの色は三十六缶《かん》、黒だけで七色あるそうだが、その配分が感覚の見せどころだそうな。

つまり、彼は周りの景色を、一瞬のうちにリトグラフに置きかえているのである。苦手な色は赤。

「その赤に、作家のどんな情念が入っているか、イメージが湧かないんです」

彼の生れ育った北海道はグレイの世界。おまけに女の姉妹がなかったので、赤の世界には無縁だった。そのせいか、嫌いなものはトマトだという。

「あの赤と緑の配合が許せない。外がツルツルとして中がザラッとしてるのも嫌いだな」

「石は女の肌と同じだ。女の子の耳に息を吹きこむようにやさしくやれ。いつも若い者にそう言ってます」

その若い者というのが、プロレス上りの松の根っ子のような腕をした笑顔の可愛らしいお兄さんなのだ。地下鉄の工事現場のような工房でかわされる、筋骨たくましい芸術家たちの繊細で心やさしい会話を考えると、楽しくもおかしくなる。

摺りのだいご味は、

「はがす瞬間」

だという。一瞬にして絵があらわれる。言いわけ無用のいさぎよさ。

摺師は鸚鵡《おうむ》だともいう。一枚の原画から五十枚百枚同じものを摺る摺師を、同じ言葉を繰返す鸚鵡になぞらえているのだ。彼の工房はOM。オザキ・マサシの略でもあり、ヒンズーの神の名でもあり、オームでもある。

しかし、彼の経歴を聞くと、決して同じことの繰返しはない。

父親が趣味で版画をやっていたこともあり、幼い時から馴染んでいたが、芸大の三次入試を前に、事業家だった父が倒産。上京して板金工、牛乳配達をしながら、ほとんど独学で摺りの技術をマスター。四十人中一人の難関を突破して文化庁の留学生としてフランスへ一年留学。十九歳で結婚。二十四歳で離婚。帰国して工房をつくる。仕事は順調――。

ナミの若者の十年分を五年でやってのけている。

彼は無駄なレースをしていない。

大学や就職という、他人との競争をやめて、自分だけのコースを、自分との人生競走、一生の仕事に選んだ「色」との闘いに賭けたのだ。

弱い動物ほど群れをなして生きる。

大学の卒業名簿や肩を組んで人生の応援歌を合唱する安らぎを捨てた男の自信といさぎよさが素敵である。

それにしても、白系ロシアの血が混るという色白の端正な横顔に、少年の無邪気と老成が同居しているのはどうしてだろう。二十五歳にして、自分の中に眠る才能の鉱脈を見つけてしまった、カンの鋭すぎる人間の持っているさびしさと虚しさなのだろうか。

男性鑑賞法——9

根津甚八（俳優）

男性の選び方はむつかしい。

卵なら太陽に透かして明るく見え、お尻に唇を当てて暖かければ新鮮だと判るが、男の子はそうもゆかない。競馬の馬ではないから、両親の血統を調べて「買う」のも危険である。そうなると、骨董屋のおやじさんのせりふではないが「いいものを数見て目を肥やす」よりほかはないだろう。

テレない男がいる。

池田大作、石原慎太郎、市川染五郎、三波春夫の各氏がそうだが、眠っている時でも自信に満ちているのではないかと感心してしまう。偉そうなことを言っても、女はアヤフヤなものだから、人生寄らば大樹のかげ、とばかり、こういう男たちを頼もしく思ったりするが、時には味気なくもなって、はにかみ屋の男が気になってくる。古くはゲーリー・クーパー、ジェームス・ディーンは、こういう女たちのひそやかな溜息に育てられてスターになった。

根津甚八もこの系統のように思われる。

東京永福町の歯科医の三男坊として生まれ、独協大仏語科を出て、唐十郎にシビれ、状況劇場に入ったいきさつを、低い声で語ってくれた。芸名は、日暮里蘭坊とつけたかったこと。かつて住んだことのある日暮里と、好きなアルテュール・ランボーから取ったのだが、舞台で真田十勇士の根津甚八を演じ、本名が根津透であることもあってこれに落着いたこと。本日の所持金六百円ナリ。中華饅頭とメンチカツに凝っていること。いいなと思う役者はショーケン。老醜よりも夭折をとる。女の一番素晴しいところは子供を生むということだと思う。役者という職業はかなり恥ずかしいけれど「振り切ってやってます」エトセトラ――。

若いタレント達がよく使う手垢のついた既成の言葉を潔癖に避けて、迷いながら、テレながら、率直に答えたように見えた。

美しい目だが、暗くて冷酷な光がある。唇は目を裏切って甘く人なつこい。自分でも涙もろい人間です、と白状していたが、恐らく彼自身、冷たくカッコよく生きたいと願いながら、徹し切れないやわらかな感受性の二律背反に苛立っているのではないだろうか。これにもう一つ、「さもしさ」が加わった時、この人物は大物になれる。アラン・ドロンを見ても判るが、名と金を両手にする男には必ずどこかに「さもしさ」があるものだから――。

犬が好きか猫が好きか。

これは男性を選ぶときにもあてはまる。

紺の背広で会社へ通い、キチンと月給袋を持ってくる男。三十五歳になったらローンで家を建てる、と人生の青写真が出来ている男は犬型だ。女房の親戚の冠婚葬祭にも礼儀正しく顔を出し、勿論子供の運動会にも出かけていって二人三脚に汗をかく。退職金も計算に入っているから、女房を路頭に迷わすことはない。健康で安全である。

そこへゆくと猫型は気まぐれで危なっかしい。

職業にも女にも、いや自分の人生にすら忠誠を誓うことをしないから肩をならべて生きる女は大変だ。根津甚八はまさしく猫型であろう。背広は一着も持っていない。サラリーマンは性に合わない、という。得意なスポーツは剣道。あの静の中に一瞬の動がある剣の呼吸は、背を丸めて陽だまりに眠る猫が、音もなく雀に躍りかかるのに似ている。そういえば、「女房は……」とちょっと笑って、「強奪です……」と答えてくれた。

「子供の時から、いつも置き去りにされている、というイメージがつきまとっています」と言う甘えと拗《す》ね。人気に背を向けている屈折した自己顕示。動物が好きな相手を軽く嚙んで愛情を表現するように、この青年はお手やチンチンをしないで、対象を甘嚙みするタイプなのだ。当節流行の突っぱったタイプではない代り、猫科特有の、しなやかなしたたかさがある。

こういう男性を家に連れて帰って、「この人と結婚したいの」といったら、親はまずいい顔をしないだろう。「たしかに魅力はあるけれど、先ゆきお前は苦労するよ」と両親は愚痴をこぼすに違いない。

たしかにその通りで、こういう男性は金銭だけでなく、愛情のほうも、毎月の女の家計簿の帳尻はキチンと合わせてくれないものだ。あなたにとって魅力のある男は、他の女にとっても魅力のある存在なのだから始末に悪い。第一、猫は犬と違って、首輪を付けていない。

女もメス猫になってじゃれ合うか、自分と全く違う一匹の雄を、ゆとりをもって眺め、いとおしみ、つきあっていく。道は二つに一つである。しかし、大抵の女は、半世紀にわたってその辛棒をする自信がないので、紺の背広を着た従順な犬型の男性を伴侶に選ぶのだろう。そして、魅力のある猫科の男たちに、ないものねだりの熱い視線と溜息を送りつづけるのである。

（アンアン／1976・1・20〜1977・12・20）

3

中野のライオン

朝、まだ郵便局があくかあかないかというときに、大きく口を開けた横手の門から、何十台という郵便配達の自転車が一斉に街に出てゆくのを見たことがある。自転車はお馴染みの赤い自転車である。ふくらんだ黒皮の大蝦蟇《がま》口を前に提げている。乗っているユニフォームは濃紺である。

もと郵政局と呼ばれていた麻布郵便局の、くろずんだ石造りの建物から、五台十台二十台と吐き出され、正面の大通りを、赤と黒の噴水のように左右に分かれて流れてゆく光景は、そこだけ外国の風景画に見えた。

風の強いのが難だったが、春先にしては暖かな、みごとに晴れ上った朝であった。そのせいか赤い自転車の大群には、これから仕事に行くというより、自転車レースに出走するような弾んだものがあった。乗り手はみな競輪選手のように大袈裟に肩を左右にゆすり半分ふざけているように見えたが、それは前に提げた大蝦蟇口が重たいためだと気がついた。蝦蟇口はいずれも呑めるだけ郵便物を呑みこんで、大きく口をあけているのもある。

突然、自動車の急ブレーキが聞えた。

郵便局の右正面に黒い乗用車が急停車し、少し離れたところに赤い自転車が一台、横倒しになっている。その横に濃紺のユニフォームのひとが、くの字に折れ曲った格好で倒れていた。その人は、のろのろと仰向けに体を伸ばし、片足を曲げて二度三度馬がひづめで地面を掻くようなしぐさをしたが、そこまでで動かなくなった。黒い乗用車の運転席から、血の気が引いて真白い顔をした中年の男が飛び下りて、倒れたひとを助け起した。

二人のうしろから、紙吹雪が起った。

口を開けた大蝦蟇口から、郵便物が突風にあおられて舞い上ったのである。大判の紙吹雪は、嘘のように高く舞い上った。うしろにつながった車から二つ三つ警笛は聞えたが、すべてはほとんど音のない静かな出来ごとであった。

私は、ポカンとしながら郵便局の前に立っていた。この頃になると、反対側の車道に運ばれてゆく怪我人のまわりに人垣が出来た。舞い下りて車道に散らばる郵便物を拾いに飛び出す人もあり、郵便局からも数人の職員が駆け出してきた。

ところがただひとり、私の見る限りではただひとり、そんな光景には目もくれず歩いてゆく人がいた。

五十がらみの女性である。

ごく普通の洋服を着た、ごく普通の主婦といった感じのその人は、大声で叫びかわしている職員や、人垣や、街路樹に引っかかり落葉のように足許《あしもと》に舞い下りてくる郵便物が全く目に入らないかのように、まっすぐ前を見つめ、ゆっくりとした歩調で六本木方面へ歩み去った。

知っていながら黙殺する、といった頑《かたく》なな後姿ではなかった。目か耳が不自由なのかとも疑ったが、そうでもないらしかった。考えごとでもしていたのか、路傍の交通事故など目に入らぬほどのなにかを抱えているのか、すれ違った程度の人間には見当もつかなかったが、いずれにしても、そのひとのまわりだけは空気が別であった。

飯倉方向から救急車のサイレンが聞こえてきたが、その人はやはり振りかえりもしなかった。

七、八年前の出来ごとだが、現代百人一首にでも詠みたいような光のどけき春の日に、陽気に繰り出した赤い自転車の流れと時ならぬ紙吹雪は、今思い出しても嘘のように思える。しかし、一番嘘みたいなのは、まっすぐ前だけを見て歩み去った人である。

あれは一体、どういうことなのであろう。

これは二年ほど前のことだが、歩いている私の横に人間が落ちてきたことがあった。

季節は忘れてしまった。時刻は、私が夕方の買物に出掛ける時間だから、四時頃であろうか。はっきりしない曇りの午後だったような気がする。

買物袋を提げて、街路樹のそばを歩いていた私の横に、ヒョイとと言うか、ストンというか、グレイの作業服を着た男が降ってきた。

腰のまわりの太いベルトに、さまざまな工具を差し込んだ三十位のその人は、つつじかなにかの灌木《かんぼく》の上に尻餅をついた格好で、私の顔を見て、

「エヘ、エヘ」

どこかこわれたような、おかしな笑い方をして見せた。

電線工事をしていて、墜落したらしい。三メートルばかり上に同僚がブラ下っていて、

「おう、大丈夫か」

となっている。

すぐには立てないようだが、大したこともないらしく、しっかりした受け答えをしているので、ほっとしたが、この時私の横をすり抜けて行った二人連れの男たちがいた。

後姿の具合では、かなり若いようだったが、この二人が、何か仕事の話をしながら振り返りもせずに足早に通り過ぎてゆくのである。たった今、自分たちの目の前に男が降ってきたのが見えなかったのであろうか。

私は、人間が落ちてきたことよりも、むしろそのことにびっくりして、あたりを見廻した。子供の手を引いて歩いてくる主婦や、オート三輪が目に入ったが、誰ひとり上を見たりこちらを注目する人はいなかった。

誰も気のつかない一瞬というものがある。

見えて不思議がないのに、見えないことがあるのである。

それが、ほんのまたたきをする間の出来ごとであったりすると、まさか十人が十人、一緒にまたたきをするわけでもあるまいが、十人いても、見逃すことがあるらしい。

この時も、私は何やら白昼夢を見た思いで、少しポカンとしながら帰ってきた。

つい先頃、『父の詫び状』と題する初めてのエッセイ集を出した。

その中の一章で三十四年前の、東京大空襲にあった夜のことに触れている。

まわりから火が迫った時、我が家の生垣は、お正月の七草が終った頃の裏白《うらじろ》のように白く乾いて、裏を見せて巻き上り、そこに火のついた鼠《ねずみ》が駆け廻るように、火が走った。まつ毛も眉毛も焦がしながら水を浸した火叩きで叩き廻って消したと書いたのだが、弟は、そんなものは見なかったというのである。

あぶなくなってから、弟は末の妹と、元競馬場という空地に避難したが、それまでは一緒であった。

裏庭にむしろを掛けて埋めてあったごぼうが、あたたまって腐ってしまうというので、防火用水用のコンクリートの桶にほうり込み、

「水が汲《く》めないじゃないか。馬鹿！」

父に姉弟揃って頭をゴツンとやられ、あわてて取り出して地面に置き、二人並んでその上に腰をおろして、火で熱くなったモンペのお尻を冷やしたのである。その目の前の生垣で、赤い火のついた鼠が走ったのに、と言いかけたが、どうやら弟は、別のものを見たらしい。

縁側の角にトタンの雨樋《あまどい》があった。防腐剤として茶色の塗料を塗ってあるのだが、そこに火が走ったというのである。塗料の濃いところが、チョロチョロ青く燃えた、あ、綺麗だな、と思ったというのである。

二つ年下の弟は、当時中学一年である。

私は、この青い火を見ていない。

二人並んで坐っていたのに、別のものを見ていたのである。

家族というのはおかしなもので、一家があやうく命を拾ったこの夜の空襲について、まじめに思い出ばなしをしたことは一度もなかった。次の日の昼、どうせ死ぬなら、とやけ気味で食べたさつまいもの天ぷらのことを、冗談半分で笑いながら話し合ったことはあったが、生き死にのかかった或る時間のことは、どことなくテレ臭くて、口に出さないままで三十幾年が過ぎたのである。

記憶や思い出というのは、一人称である。

単眼である。

この出来ごとだけは生涯忘れまいと、随分気張って、しっかり目配りをしたつもりでいても、衝撃が大きければ大きいほど、それひとつだけを強く見つめてしまうのであろう。

今の住まいは青山だが、二十代は杉並に住んでいた。日本橋にある出版社に勤め、通勤は中央線を利用していたのだが、夏の夕方の窓から不思議なものを見た。

場所は、中野駅から高円寺寄りの下り電車の右側である。今は堂々たるビルが立ち並んでいるが、二十何年か昔は、電車と目と鼻のところに木造二階建てのアパートや住宅が立ち並び、夕方などスリップやステテコひとつになってくつろぐ男女の姿や、へたすると夕餉のおかずまで覗けるという按配であった。

編集者稼業は夜が遅い。女だてらに酒の味を覚え、強いとおだてられていい気になっていた頃で、滅多にうちで夕食をすることはなかったのだが、その日は、どうした加減か人並みの時間に吉祥寺行きの電車に乗っていた。

当時のラッシュ・アワーは、クーラーなど無かったから車内は蒸し風呂であった。吊皮にブラ下り、大きく開け放った窓から夕暮の景色を眺めていた。気の早い人間は電灯をつけて夕刊に目を走らせ、のんびりした人間は薄暗がりの中でぼんやりしている——あの時刻である。

私が見たのは、一頭のライオンであった。

お粗末な木造アパートの、これも大きく開け放した窓の手すりのところに、一人の男が坐っている。三十歳位のやせた貧相な男で、何度も乱暴に水をくぐらせたらしいダランと伸びてしまったアンダー・シャツ一枚で、ぼんやり外を見ていた。

その隣りにライオンがいる。たてがみの立派な、かなり大きい雄のライオンで、男とならんで、外を見ていた。

すべてはまたたく間の出来ごとに見えたが、この瞬間の自分とまわりを正確に描くことはすこぶるむつかしい。

私は、びっくりして息が詰まったようになった。当然のように、まわりの、少くとも私とならんで、吊皮にブラ下り、外を見ていた乗客が、

「あ、ライオンがいる!」

と騒ぎ出すに違いないと思ったが、誰も何ともいわないのである。

両隣りのサラリーマンは、半分茹で上ったような顔で、口を利くのも大儀といった風で揺られている。その顔を見ると、

「いま、ライオンがいましたね」

とは言えなかった。

私は、ねぼけていたのだろうか。

幻を見たのであろうか。

そんなことは、絶対にない。あれは、たしかにライオンであった。

縫いぐるみ、といわれそうだが、それは、現在の感覚である。二十何年前には、いまほど精巧な縫いぐるみはなかった。

この時も私は少しぼんやりしてしまい、駅前の古びた喫茶店でコーヒーを二はい飲んでから、うちに帰った。


この時ほど寡黙な人を羨しいと思ったことはなかった。口下手で、すこしどもったり、誠実そうな地方なまりの持主なら、

「中野にライオンがいるわよ」

「中央線の窓からライオンを見たのよ」

と言っても信じてもらえるに違いない。

ところが私ときたら、早口の東京弁で、おしゃべりで、おまけに気が弱いものだから、少しでも他人さまによく思われたい一心で、時々はなしを面白くしてしゃべる癖がある。

寺山修司氏や無着成恭先生がおっしゃれば信じていただけるであろうが、私ではいつもの嘘ばなしか、暑気当りと片づけられるのがオチである。

「ルネ・マグリットの絵でも見過ぎたんじゃないの」

とからかわれて、証明出来ない一瞬の出来ごとを大汗かいて説明するのもさびしくて、私は今日まで誰にも話したことはない。

そのあとも、私は、中央線に乗り、例の場所が近づくと、身を乗り出すようにして外をのぞいたが、同じような窓が並んでいるだけで、アンダー・シャツの男もライオンの姿も見えず、その後中野方面でライオンが逃げたというニュースも聞いていない。

――しかし――

いまだに、あれはほんもののライオンとしか思えないのである。

人にしゃべると、まるで嘘みたい、と言われそうな光景が、現に起っている。それを五十人だか百人だかの人間が見ているのに、その中にいて、見なかった人間が、一人はいたのである。

屁理屈を言うようだが、百人見て一人見ないこともあるのなら、一人が見て百人が見なかったことだって、絶対にあり得ないとは言えないじゃないか。

歳月というフィルターを通して考えると、私のすぐ横にストンと落ちて来た工事人も、赤い自転車の噴水も、春の光の中のハガキの紙吹雪も、そして中野のライオンも、同じ景色の中にいる。

東京大空襲の夜の、チロチロと赤く走った火のついた鼠も、同じ顔をしてならんでいるのである。

ここまで来たら、もうどっちでもいいや、という気持もある。記憶の証人は所詮自分ひとりである。他人さまにはどう増幅したり脚色したりして売りつけようと、自分ひとりの胸の中で、ほんものと偽物の区別さえつけて仕舞って置けば構いはしない、というところもある。

そう思って居直りながら、気持のどこかで待っているものがある。

実は、二十年ほど前に、中野のアパートでライオンを飼っていました、という人があらわれないかな、という夢である。絶対に帰ってこない、くる筈《はず》のない息子を待つ「岸壁の母」みたいだな、と思いながら、つい最近も中央線の同じ場所を通り、同じように窓の外に身を乗り出して眺めて来たばかりである。

（別冊小説新潮／１９７９・春季号）

新宿のライオン

うちの電話はベルを鳴らす前に肩で息をする。

音ともいえぬ一瞬の気配を察すると、私は何をしていても手をとめ電話機の方を窺《うかが》う。

「凶か吉か」

心の中で、刀の柄《つか》に手を掛け、心疚《やま》しい時は言訳など考えながらベル二つで受話器を取るのがいつものやり方である。テレビ台本の催促でないと判ると、今度は私の方がほっと肩で息をする。

その電話が掛ったのは夕方であった。

アパートの玄関ポストに差し込まれた夕刊を引き抜こうとしたが引っかかって取れない。居間で電話が鳴っているので強く引っぱったら破れてしまった。裂けた夕刊を手に中ッ腹で電話を取り、尖った声で名を名乗った。

中年と思われる男の声が、もう一度私の名前をたしかめ、ひと呼吸あってからこう言った。

「実は、中野でライオンを飼ってた者なんですが」

咄嗟に私が何と答えたのか覚えがない。いたずら電話でないか確かめかけ、相手の声の調子で、これは本物に間違いないとすぐ判り、それでもまだ半分は信じられなくて、

「本当ですか。本当にライオンは居たんですか」

と繰り返した。

相手は、物静かなたちの人らしく、はにかみを含んだ訥弁で、「あなたの書かれたものを読み、当時を思い出して懐しくなり失礼かと思ったが電話をした。ライオンは確かに自分が飼っていた」と言い、岡部という者ですとつけ加えられた。

この電話のあった五日ほど前に店頭に出た別冊小説新潮（一九七九年春季号）に私は「中野のライオン」と題する小文を書いている。

二十年ほど前の夏の夕方、中央線の窓から不思議なものを見た――。

『私が見たのは、一頭のライオンであった。

お粗末な木造アパートの、これも大きく開け放した窓の手すりのところに、一人の

男が坐っている。三十歳位のやせた貧相な男で、何度も乱暴に水をぐらせたらしいダランと伸びてしまったアンダー・シャツ一枚で、ぼんやり外を見ていた。その隣りにライオンがいる。たてがみの立派な、かなり大きい雄のライオンで、男とならんで、外を見ていた。』

私はびっくりして息が詰まったようになり、まわりを見まわしたが、ならんで吊皮にブラ下り、外を見ていた乗客は誰ひとりとして騒がない。半分茹で上った顔で口を利くのも大儀といった風に揺られている両隣りのサラリーマンを見ると、「いまライオンがいましたね」とは言い出せず、ねぼけていたのか、幻を見たのか、いや、あれはまさしくライオンだったと自問自答を繰り返しながら、狐につままれたような気持になり、駅前の古びた喫茶店でコーヒーを二はい飲んでうちへ帰ったのである。

ことがあれば面白おかしくしゃべり廻るところがあるのだが、これだけは親兄弟にもしゃべらなかった。中央線に乗って中野駅あたりを通過すると、記憶の底から鎌首をもたげることもあったが、それすら二十年の歳月のかなたに霞みかけていた。

たまたま文章にしたものの、九十九パーセントは自信がないものだから、五十人だか百人が見た交通事故現場からそんなものは見もしなかった、という風に全く気づかず立ち去った一人の婦人のことを書き、百人見て一人見ないこともあるなら、一人が見て百人が見なかったことだってありえないことではないと屁理屈をこねた。もうどっちでもいいやと居直りながら気持のどこかで待っているものがある。実は二十年ほど前に、中野のアパートでライオンを飼っていましたという人があらわれないかな、という夢である。絶対に帰ってこない、くる筈のない息子を待つ「岸壁の母」みたいだなと思いながら云々と未練がましく書いている。

だが、言ってみればこれは言葉のアヤで、私は何も期待はしていなかった。「待っている」と書いたことすら忘れていた。だが、電話があったのである。「岸壁の母」の息子は、二十年ぶりに帰ってきた。中野にライオンはいたのである。

私は受話器を握ったまま、こみ上げてくる笑いを押え切れず、裂けた夕刊に顔を押しつけ声を立てて笑ってしまった。悲しくもないのに涙がにじんでくる。洟《はな》も出てくる。

岡部氏は、私の笑いの鎮まるのを待って、ポツリポツリと話して下すった。

ライオンは、もともとは新宿御苑のそばで「八州鶴《やしまづる》」という酒の店をやっていた岡部氏の姉上が飼っておられた。姉上が亡くなったあと、岡部氏が引き継ぎ、のちにライオンごと中野へ引越したのだが、私が見た当時は百キロ近い体重があった。詩人の草野心平氏がはじめられたバア「学校」が近かったこともあり、草野氏もライオンのことをご存知で、エッセイもあるから調べてみようとおっしゃる。近日中にぜひお目にかかってくわしい話を聞かせていただくお願いをして電話を切ったのだが、一番おどろいたのは、ライオンが牝だったことである。どこでどう取り違えたのか、私は記憶の中で、ライオンにたてがみを生やしてしまった。MGM映画の見過ぎかも知れない。

電話を切ったあとも、私はしばらくぼんやりしていた。裂けた夕刊をつなぎ合せて目を走らせたが、活字は目に入らなかった。今日のトップ・ニュースより、二十年前に電車の窓から一瞬見た、いや、見たと思いながら、あれは幻だったのだと自分で打ち消していたライオンが本当にいた、私は間違っていなかったという方が、私には大きなニュースであった。

大吉を知らせる電話は、私に刀の柄に手を掛けるゆとりも与えず、いきなり真向唐竹割りにしたのである。

この電話が皮切りで、何人かの方から、中野のライオンに関するお知らせをいただいた。

芥川比呂志氏から、女優の加藤治子さん経由で、串田孫一氏がライオンのことを随筆に書いていらっしゃいましたよというメッセージをいただいた。追いかけるように、草野心平氏からも手紙を頂戴した。「新潮」の昭和三十五年九月号にのった『バア「学校」』と題する随筆が同封してあった。一節を抜萃《ばっすい》させていただく。

『麻布時代からいろいろ変った連中が、よくやってきたものだが、この一ヵ月間の常連の中では学校名「ライオン青年」が出色の方だ。本名は聞いたこともないし向うでも名乗ったことはないがライオンを飼っているというのでそう呼んでいる。彼の話によると酔払って帰ってライオンの檻に頭を突っこんだまま朝までぐっすりだったこともあるそうだ。目が醒めて気がつくと髪の毛がライオンの唾液でべたついていたという。今はそのライオンも一歳半だから子供だった時のように一緒に抱っこして寝るわけにも行くまい。この間は指の繃帯《ほうたい》から赤チンキが滲み出していたがそれはその雌ライオンの牙にひっかけられたということだった。どうも彼の得意の話しっぷりではLove bite らしい。』

秋山加代さんからも電話があった。

故小泉信三氏のご長女で、『辛夷《こぶし》の花』の著者でもある名エッセイストだが、中野に住んでいた親友がやはりライオンをご存知だったという。

「あら、中野にライオンいたのよ」

その方は、あわてず騒がず驚かず、ごく当り前のようにゆっくりとこう言われ、酒屋さんのウインドーに寝ていた、白昼夢を見るようであった、中央線の窓から、ガラス越しにライオンの影がうつるのを見たこともある、とつけ加えて下さったそうである。

その頃、私は笑ってばかりいた。片っぱしから友人に電話をかけ、中野にライオンがいたと報告し、二十年前の、一・五の視力を自慢した。

五月に入って、新宿で一夕《いっせき》ライオン青年とお目にかかる段取りが整った。バア「学校」の経営者で、ライオンをご存知の山田久代さんも同席して下さるという。こういう日は、朝から仕事にならない。それでなくても猫科のけだものが好きで、いい年をして動物園へゆき、ライオンや虎、チータ専門にのぞいてくるという人間だから、まるでライオンと逢い引きでもするような気持で、美容院にいったりして日暮れを待った。

待ち合せ場所は、新宿の「すゞや」である。少し早目に行ったので、ゆっくりと歩きながら時間をつぶしていたら、三十ぐらいのサラリーマン風の男に声をかけられた。

「メシでも食いませんか」

お茶に誘われたことはあるが、食事というのは恥かしながら初めてである。日頃は目付きも悪く、女として愛嬌のない方だが、心たのしいことがあると、どこかにあらわれるものと見える。一瞬の隙を突いた相手は、ハンターとしてはなかなかの腕であろう。

「せっかくだけど、これからライオンと逢うの」

言いはしないが心の中で呟いて、丁寧に会釈をかえしてご辞退をした。

ライオン青年は、二十年前の「三十歳位の、やせた貧相な男」は、礼儀正しい長身色白の中年紳士であった。ロシア語の通訳をされ、最近もモスクワへいってこられたばかりだそうだが、ライオンというよりツンドラをゆく静かな牡鹿という方が似合っていた。二十年前は二十三歳である。「ダランとしたアンダー・シャツでぼんやり外を見ていた」――と書いた失礼を詫びると、「当時はみんなそんなものですよ」――笑って勘弁して下さった。

牝ライオンは、名前をロン子といった。はじめは猫ほどの大きさだったが、見る見る大きくなった。今ほど猛獣を飼う規制はやかましくはなかったが、それでも人目があるので、滅多にガラス戸を開けたことはなかった。夏場でもあり、水浴びをさせたあと、ごく短い時間、窓をあけたのだが、その時、偶然、見られたのでしょう、と、私の視力をほめておられた。

ご一緒して下さった山田久代さんとこのライオンのなれ初《そ》めがまた面白い。

バア「学校」のオープンにそなえて、買出しに行った。荷物の重さに耐えかね、どっこいしょとおろして一休みしたところが、ライオンのいるショーウインドーの前で、腰がぬけるほどびっくりした。それが縁で、飼主の岡部青年が、「学校」の常連となり、草野心平氏に可愛がられ、おつきあいが続いて今日に到っているというのである。岡部ライオン青年のお嫁さんの世話もされたという山田久代さんは、私より少しばかりお年かさだが、この方も長身美貌でいらっしゃる。長い間、草野心平氏の秘書役をつとめられただけあって、闊達俊敏、血の熱い情の濃い、そういえば、この方こそ牝ライオンというにふさわしくお見受けした。

この方の亡くなった姉上と、私の縁つづきの者との間に、半世紀近い昔に大ロマンの一幕があったことを知り、ライオン印の運命の糸の不思議さにもう一度びっくりした。

お二方とも酒が強い。初鰹を肴に、盃を重ね、二十年昔のライオンを語り、ライオンと共に棲んだ新宿御苑界隈を語り、またライオンにもどった。

ロン子の檻の中に、酔ったトビ職が入りこみ、けがをしてしまったこと。檻の外で同じ高さに四ツン這いになりぐるぐる廻ってやると一番喜んだこと。大きくなっても安心してキスをさせたこと。せまい中で飼っていたので佝僂病《くる》になり、多摩動物公園で預ってもらったが六歳で病死したこと。

新宿御苑前の二十年前にライオンのいたあとは、今は銀行である。

「このへんにいたんですよ」

説明をして下さる岡部氏も感慨無量といった面持である。こんなことでもなければ、逢うこともなかった三人は、すぐそばにあるバア「学校」へ席を移した。一頭のライオンが、初対面のこわばりや遠慮を無くしてくれた。

岡部氏は、ロン子に引っかかれて肉を持ってゆかれた指の傷あとを見せて下さった。

幸いのうすかった姉上について語られ、また同じように生涯配偶者をもつことなく仔を生むことなく終ったロン子を、可哀そうな奴でしたと言われた。

「あいつは、ただの一度も吠えなかった」

だから街なかで飼えたのでしょうと、かなしく笑われた。可愛くもあったが、腹立たしかった、辛かったですよ、ともいわれた。ライオンを自分に押しつけた格好で死んでしまった姉を恨んだこともありましたと率直にいわれた。目がうるんでいるように見えた。

私が飼っているのは、三匹の猫だが、それでもこの言葉には全く同感である。思い切り走りたかろう、木に登り、争い、獲物を追い、時には命からがらの危険な思いもしてみたかろうと思う。体重四キロの猫にして正直そう思うのだから、百キロの百獣の王であれば尚更のことであったろう。心やさしいいい飼主でいらしたのだな、と、思った。


その夜、私達はライオンを語りながら、自分たちの二十年昔を、青春を懐しみ語り合ったのかも知れなかった。おたがいにまだまだ若く力もあり、無茶苦茶で相手かまわず噛みついていた。新宿も中野もまだ夜は暗く、これからという活気があった。

私は私で、一瞬の視線の正と誤を考えないわけにはいかなかった。

牡だと思ったライオンは、牝であった。

見えなかったが、ライオンのまわりには鉄の格子があった。電車の窓から見当をつけた場所も少し違っていた。二階だと思ったのは一階であった。

長い間、開かない抽斗に閉じこめておいた古い変色した写真を取り出して、加筆修正をしなくてはならないのだが、不思議なことに、記憶というのはシャッターと同じで、一度、パシャッと焼きついてしまうと、水で洗おうとリタッチしようと変えることが出来ないのである。

私のライオンは、やはりたてがみの立派な牡である。佝僂病なんかではない、動物園にいるよりMGM映画のタイトルより立派な牡ライオンである。大きく開け放した窓の手すりのところに、檻になど入らずに坐っている。

そのそばに、若い男がいる。

逢ってしまったのが因果で、この男の顔は、見てきたばかりの岡部氏に似ている。申しわけないが、やはり記憶の通りやせた体にダランとのびたアンダー・シャツを着ている。温厚な岡部氏は、あからさまにはいわれなかったが、「そんなの、着た覚えないなあ」といわれたところを見ると、このへんも記憶違いらしい。本人はご不満のようだが、二十年もたつと、今更脱がすことは出来ないのである。この写真は、間違ったまま、もう一度焼直され陽の目を見る形になってしまった。

それにしても、たのしくも不思議な一夜であった。あと二十年か三十年したら、耄《もう》碌《ろく》した私はこんなことを言うかも知れない。

「昔、新宿でライオンとお酒のんだことがあったのよ」

（別冊小説新潮／1979・夏季号）

銀行の前に犬が

夕刊フジの九月二十二日号に「ワルやのう。一人が演じた双生児役」という記事が載っていた。

よくある寸借詐欺だが手口が凝っていて、一人の男が一卵性双生児に化けて、昨日は兄貴、今日は弟と一人二役を演じながら年上の女から大金を欺し取ったというのである。

記事によると、川崎のキャバレーホステスの加奈子さん（仮名・三十九歳）は、勤め先で「たかし」と名乗る二十八歳の男と知り合った。

加奈子さんは子供までなした結婚に破れ、いまはひとり身である。「結婚しよう。年など問題じゃないよ」という「たかし」の大きな言葉に安心して、身も心も財布も任せてしまった。

早くも新婚気分の加奈子さんに「たかし」はこう言った。

「俺には『まさる』という一卵性双生児の弟がいる。趣味も服装も同じで、体の同じ場所に傷もある。俺の留守に遊びにきたらよろしく頼む」

数日後、弟「まさる」がアパートを訪ねてきた。

「兄貴が出先で交通事故を起こしたので至急金が要る」

「双生児って似てるっていうけどほんとにそっくりね」

と感心しながら十万円を渡すと、二、三日して包帯をした「たかし」が現われ、「こないだはありがと」と三泊。更に数日後、また「まさる」が現われて、

「兄貴が暴力団につかまった」

と六十万円を受け取り、入れ替りに「たかし」が「お前のおかげで助かったよ」と三泊してゆく——。

こんな具合で一ヵ月の間に加奈子さんの貯金通帳はカラになり、どうもおかしいと警察に届け出て、武田信一という犯人がつかまったのだが、この武田クン、女房もいれば子供もいる。写真も二枚載っているが五木ひろしを美男にしたようないい男である。

「女のあせりと男のやさしさで目がくらんだんでしょうなあ」

という刑事の談話に、

「胸の中が煮えくり返ります。絶対に許さないで下さい」

という加奈子さんのコメントがつづき、

「そうだ、許すな」

正義の味方の結び文句で記事は終っていた。

面白おかしい書きっぷりに被害者には気の毒だが笑った方も多いと思う。だが、日本中で一番笑ったのは、この私に違いない。かれこれ十七、八年も前だろうか、私はこれとそっくりな話をテレビの脚本に書こうとしてボツになっているのである。


その頃、私は出版社に勤めながら、見よう見真似でテレビドラマを書き始めていた。無名の新人で作っている作家グループに加わり、定期的に集まって当時人気番組だった『ダイヤル一一〇番』用のスジを発表する。出来がいいと、「脚本にしてみなさい」という段取りになっていた。

その席上で、私は夕刊フジに載っていたのとそっくりなスジを話した。ヒントは当時人気の出かかっていたザ・ピーナッツであった。ところが話し終っても誰も何にも言わない。プロデューサーも代理店の人も黙ってたばこを喫っているだけだった。

先輩作家のH氏が、帰りに私をお茶に誘って下さった。電通横の小さな店であった。

「改めて聞くけど、君は自分がいま話したような事件が実際に起こると思っているの」

もともと自信がなかったところへもってきて、H氏の思いやりに溢れた声は、私をいっぺんにヘナヘナにしてしまった。

「いいえ」

そうだろうというようにH氏は大きくうなずいた。

「ドラマで一番大事なのはリアリティだよ」

冷たいコーヒーを手に、氏は妹に対するようにやさしく諭《さと》された。

「人と違ったことを考えようとする意欲はいい。しかし、今みたいなスジを考えているうちはプロにはなれないね」

夏の盛りであった。クーラーのない店内は蒸暑く、窓もドアも開け放した調理場奥の露地で、閑なボーイ達がフラフープをしているのが見えた。私は才能がないのだ……。くるくる廻る赤や青のプラスチックの大きな輪を見るともなく見ていると、いきなり、「ちょっと……」とウェイトレスから声をかけられた。

ひどく背が低いのに髪をふくらませた形にして、短いスカートからスリップがのぞいている。彼女は、私の着ているワンピースをさわりながら、この布地はどこで買ったか教えて欲しいというのである。

当時の私は、ゆとりもなかったこともあり、着るものはすべて手製であった。グリーンの地に黄色い水玉のリップル地は道玄坂の洋品店で一ヤール三百円で買った品だった。安物だが見栄えのする柄で、その日はおろしてすぐだったが、人にもお世辞を言われ、気をよくしていた服だった。

やっぱり好く見えるのだ、同じものを作りたいと思っているのだわ、と内心得意になり、少しほっとした気持も手伝ってメモを出し、地図を書きかけた。ところが、彼女はこれと同じ布地を浅草で買ってカーテンを作ったのだが間違えて足りなくなってしまった。買いにいったら売り切れなので、困っているというのである。

「何だ、カーテンか……」

くさりながら地図を書く私の横でH氏は笑いを噛み殺しておられた。私はもうひとつ傷つき、取り乱したのかコーヒーをこぼして服にしみを作ってしまった。その夜帰って服を洗い、夜干ししたのだが、朝起きて雨戸を開けて、私はアッと叫んでしまった。乾いたワンピースの柄が変っているのである。グリーンに黄色の水玉の下から、濃い紺の縞があらわれている。安いのも道理で、売れ残った去年の布地を染め返して叩き売っていたのである。呆然と立っている私のうしろで、妹達が転げ廻って笑っている。それは昨日からの私を笑う声に聞えた。

私は、『ダイヤル一一〇番』の集りに行くことをやめラジオに方向転換をした。ディスクジョッキーの番組構成をしたこともある。週刊誌のライターをしたり婦人雑誌に雑文を書いたり、廻り道をしたことも手伝って、再びテレビからお呼びがかかったのは、これから十年あとであった。

テレビにもどってからも、この日のコンプレックスが、それこそ赤や青のフラフープのように、気持の底で廻っていて、絶対に犯罪ものには手を出さなかった。ホームドラマくらいが身の程と思い、『七人の孫』からお声はかかったが『七人の刑事』は見るだけであった。そのまま今日に及んでいる。

しかし、待てば海路の日和《ひより》ではないが、たまたま手にした一枚の新聞が、十八年振りに私の無罪を証明してくれたのである。

あの時の、心やさしいH氏はいまどこにどうしておいでなのか。消長の烈しいこの世界は、次々と人を送り出し消してゆく。住所も変ったろうなと古い年賀状の束をほどいていたら、不意に、「銀行の前に犬が寝ています」という文章が浮かんできた。

記憶に間違いがなければ、この記事は英字新聞のトップに日本文で出ている外国人のエッセイである。すでに職を退きロンドンで悠々自適の日を過しているイギリス人の外交官夫妻は、外出から帰ったメイドが、

「奥様、銀行の前に犬が寝ています」

と言うのを聞いて、笑いがとまらなくなってしまう。

何十年も前、夫妻は日本に赴任していたのだが、その時通っていた日本語のレッスンで、これと同じセンテンスがあった。会話の練習に使うのならもっと適切なものがあるではないか。こんな会話は一生使うこともあるまいと夫妻で話し合いながら憶えた言葉に、何十年か後で本当にぶつかったという話であった。

私の場合もこれであろう。あの日、みんなに失笑されたリアリティのないはなしは、十八年目に実際に起こっている。銀行の前に犬は寝ていたのである。

つい先だっての昼下がり、私は丸の内の通りで三人のアメリカ人らしい観光客から、英語で、

「東京駅はどこですか」

とたずねられた。おぼつかない英語で、

「この道を真直ぐ行って二本目を右に曲ると突きあたりです」

と教えながら、またまたアッと叫んでしまった。

ちょうど十年前に、私は虎ノ門のベルリッツ・スクールで英会話を習っていた。この時、カナダ人の先生から、一番はじめに習ったのが、この、

「東京駅はどこですか」

という問いと、それに対する答であった。

東京に住んでいて東京駅はどこなのかもないものだと思い、もう少しむつかしい、外国旅行にすぐ役に立つ飛行機の予約やホテルの取り方を教えて欲しいと、これまたたどたどしい英語でお願いをしたのだが、猫背で上等だが膝のぬけた太目のズボンをはいた先生は断固としてはねつけ、

「会話は基礎です」

と、その日のレッスンは、「東京駅はどこですか」とその応用問題に終始したのである。マン・ツー・マンの授業でレッスン料がお高いこともあり、私は少なからず恨みに思い、一生のうちでこんな会話をすることなどあるものか、と思っていた。ところが——十年目に、本当に出くわしたのである。

銀行の前に、犬はもう一匹寝ていたのである。

（オール読物／1978・2）

水虫侍

小学校へ通っている時分だったと思うが、男と女のチンドン屋が古材木に腰をおろして休んでいるのを見たことがある。

男は侍姿で頭にチョンマゲをのせ、女は鳥追い風というのか、典型的なチンドン屋の格好であった。すこし離れて坐っていたが、かなり年輩の夫婦者らしい。男は足袋を脱ぎ指股をひろげるようにして口で吹きはじめた。真白に塗りたくった顔の皺という皺が、毒々しい紅をつけた唇に向って巾着の口を締めるように集ってフウフウ吹いている。

「うちのお父さんと同じだ。水虫を乾かしているんだ」

と気がついて更に覗きこんだら、飴玉かなにかしゃぶっていたのだろう、口を動かしていた女のチンドン屋に、「シッシッ」鶏か犬のように追っぱらわれた。

子供の頃の記憶というのは撮《うつ》さなかった写真のようなものである。普段はどこにどう仕舞ってあるのか見当もつかないのだが、ふとしたはずみで焦点が合うと、ポラロイド・カメラのように瞬間に現像焼付がされて目の裏に一枚ずつ出てくる。この水虫のチンドン屋は、日常の暮しの中で「侍」を見たせいであろう極めて印象が強く、脳味噌の隅に三十年ばかりしがみついたあげく、或日突然鮮明にあらわれ、これをヒントにテレビドラマを一本書くことになってしまった。

番組の名は『日曜八時笑っていただきます』（TBS）である。東京下町の、未亡人と娘でやっている下宿屋を舞台に、ドラマとバラエティをごちゃまぜにした新しい喜劇を作りたいと制作側は張り切っていた。私も手伝うことになったが、ひねり出したスジは次のようなものであった。

或日突然——テレビのドラマは大抵或日突然はじまるのだが、これはとりわけ或日突然である。下宿屋の玄関先に一人の侍がノビている。浪人風で大小を抱えているが、なぜここにいるのか、自分の名前も判らない。一切の記憶をなくしてしまったらしい。後頭部に怪我をしているので、うちに上げ手当をしてやったが、その間も落着かず、

「こうしては居られぬ」

という。夕刻までに駆けつけねばならぬ。蕎麦を食ってから一大事を行わねばならぬ。それが何であるかは口が裂けても言うことは出来ないが、天下に人の道をしらしむる大義である。しかるのち、自分は多分腹を切ることになるであろう、と異常興奮の態である。

下宿人一同大いに驚いたが、もっと驚いているのは侍の方で、見るもの聞くもの驚天動地の代物ばかりである。一人だけ二百五十年ズレているのだから当り前である。電気、ガス、水道、冷蔵庫、テレビ、電話、ミシン、ステレオ——いちいち「これはなんでござるか」と尋ね、

「奢侈《しゃし》の極み。これでは早晩日本は潰れ申すぞ」

と慨嘆している。

このあたりまで説明すると、鴨下信一ディレクターは大喜びである。

「面白い。それ、いきましょう」

この鴨下氏は、氏の辞書には「知りません」ということばは載っていないと思われる博覧強記の人である。仄聞《そくぶん》するところによると、彼のつとめるテレビ局では座興に三大音痴、三大外国語、三大淫乱、三大家庭不和などを選ぶそうだが、私の見るとこ

ろ鴨下氏は三大博識、三大家庭円満には入ること間違いない。

その三大博識が膝を叩いて乗って下さったのである。私も調子に乗って、

「現代の過剰な物質文明を、侍の目を通して皮肉り、日本の将来を憂えるという趣向はどうかしら」

「『憂国』ですな、面白い」

鴨下氏は、またひとしきり、面白い、それゆきましょうを繰り返されたあと、少し声を落して、

「その侍ね、ひょっとして、四十七士じゃないの」

「そうなのよ実は。四十七士のテレビ映画に出演する途中、どういうわけか馬に蹴っとばされて、記憶がなくなってしまったのよ。蕎麦屋に集って討入りをして腹を切る――そこのところだけおぼろげに覚えていたのね」

最後は、時間におくれた、腹を切るとなるのを下宿人一同折り重なってとどめる。揉み合ううちにどこかを打って記憶がもどる、というようなことだったと思う。

この打ち合せをしたのが十一月半ばであった。放映は討入りに合せて十二月十四日前後の日曜と決め、「すぐ、かかって下さい」という。テレビ十年の古狸となった現在なら、「侍をやる役者は誰なの。イメージが決まらなきゃ書けないわ」などと利い

た風なことをいうのだが、その頃の私はまだ駆け出しである。素直に「はい」と返事をした。鴨下氏は、立ち上りながら、

「よくこんなおかしなはなしを考えつくなあ」

と言って下さった。子供の時見た水虫のチンドン屋がヒントですというのもきまりが悪いので、ゆとりのある笑いでごまかしてお見送りをした。

ほかに仕事もないのだから、すぐに書き出せばいいのだが、スジが出来ると安心して「お祝い」と称して一日遊んでしまう。「人物をふくらませる」と称して、次の一日二日も遊んでしまう。「練り直す」といって、もう二、三日遊んでしまう。そのうちに、ディレクターから電話がかかってくる。

「掛ってますか」

「掛ってます」

狸がワナにかかったみたいだが、聞く方も答える方も真剣白刃《しらは》の渡りである。

「書いてますか」

「書いてます」

「何枚ですか」

「三枚です」

嘘の三八というそうだが、私の場合、サバをよむ時は必ず七、五、三、であると、あるディレクターが統計をとって下さった。七五三の時、振袖を着せてもらえなかった恨みがこんなところで出たのかも知れない。

一枚も書いていないのに、催促されるたびに電話口の原稿枚数はどんどん増えてゆく。決して嘘をついているつもりはないのである。ベーブ・ルースが、まずスタンドの一角を指さし、その方角に必ずホームランを打ったように、十枚と口に出せば、引っこみがつかないから必ず十枚は書く。書くぞという良心の宣誓なのである。しかし、信ずる神様を持たない気楽さで、電話を切った途端、ほっとして、ひと息もふた息も入れてしまう。そんなことで、十日ほど過ぎ、原稿も半分ほど出来たことになっていた。今からでも遅くはない。頑張ろうと思いながら猫にブラシをかけていたところへ電話が鳴った。鴨下ディレクターからである。

「テレビ見てますか」

公衆電話の声が妙に切迫している。「見ていない」と答えると、

「すぐ見て下さい！」

それだけで切れてしまった。日頃冷静なこの人にしては珍しい。言われた通り、テ

レビのチャンネルをひねったら、画面いっぱいに軍服を着て鉢巻をした男性が何やら叫んでいる。

例の事件であった。

その晩の打ち合せは、お酒をのまずにいられなかった。「憂国」と切腹は、本当になってしまったのである。偶然と判っていても気持がたかぶり、作者もディレクターも溜息ばかりついていた。

「やはりオン・エア（放映）はまずいでしょうなあ」

「まずいでしょうねえ」

「ボツにさせて下さい」

当然である。私は大きくうなずいた。

「本当は一枚も書いていなかったんでしょ」

敵は先刻御存知だったのである。

その夜遅く、私は本箱から一冊の本を引き抜いてページをめくった。本の名前は『運命占い百科』（昭和三十九年発行・鶴書房）である。人相手相九星すべてが出ている実用書で、何年か前に干支《えと》をテーマにしたラジオのミュージカル台本を書いた時に、神田の古本屋で買ったものである。面白半分に友人の生年月日を調べたら妙に当っていることがあったので、この日、劇的な死を遂げた人の運命を遅まきながらみてみようという気になったのである。

市ケ谷で切腹した人の生年月日は大正十四年一月十四日である。

『運命占い百科』の占星術篇というところを開いてみた。

一月十四日は「磨羯宮《まかつきゆう》」に属する。この星座の運相は次のようになっていた。

「磨羯宮の支配期は、一年のうちで最も日が短くて寒く暗いときです。これが運命、性質にいちじるしくあらわれます。つよい意志とたゆまぬ実行力がはぐくまれ、この特徴が極度に発揮されれば、大事業、大計画の指導者または実行者になります。

ただし、志が大き過ぎるため、実生活の細事をおそろかにあつかい、合理的処理が行えません。おおむね節約を知らないので、失敗して転落した時、減少した収入でやりくりがつかないため、ふたたび浮き上れなくなります。

独立心は盛んですが、そのため奇怪な学説や思想を支持し、社会的な問題についても、好んで不人気な方を応援する性質です。

この時期に生れた過去の人を調べると、すぐれた大人物、大実業家、大富豪、文豪、科学者、名将などがいますが、志を得ないで哀れに窮死したものの数はどれほどいるか判りません。自己の欠点に過敏過ぎるため、物事がそれに触れそうになると自信を失うし、また責任感が強いため、一度過ちをおかすと、神経質になり、なにもかも投げ出してしまう傾向があるからです」

長いこと顔を見せなかった人が、一度キッカケをみつけると、足しげく顔を見せるようになる。記憶というのもこれに似たところがあって、私の水虫侍もこのあとしばしば目の裏に出没した。

第一回目は不幸な偶然から陽の目を見なかったが、人間臭い侍をテレビで見たいなと思っていたら、テレビドラマで「清水次郎長」を書いてみないかという話が舞い込んだ。

書いてみたいと思ったものの、私は時代劇は全く不勉強である。次郎長の子分の二十六人衆だか八人衆の名前も、森の石松、大政や小政、法印の大五郎あたりで目が白黒する有様であるが、「現代劇から電気製品と新幹線を引いたものと思って書く程度でいいでしょうか」とお伺いをたてたら、それでよろしいというので引き受けることにした。実は、この機会を利用してやってみたいことがあったのである。

次郎長一家の海水浴である。

やくざ発生の地を考えてみると、港と生糸の産地の二種類に分れる。「赤城の山も今宵限り」の忠次親分は、上州だから織物のほうである。次郎長は清水港。織元や網元がいて、年に何度かまとまった金が動くところに市がたち賭場がひらかれるのである。つまり山のやくざと、海のやくざだが、山のやくざの中には金槌のおあにいさんもかなりおいでになったのではないだろうか。清水次郎長という人は、なかなかのアイディアマンで、英語を習い、晩年英語塾を開かせたという人物だから、子分の中に泳げないのがいると知って黙っていたとは考えられない。三保の松原あたりで、水泳訓練をしても少しもおかしくない。

泳げる者は白褌。泳げない者は赤褌。

桶屋の鬼吉は泳げませんと申し立てたのだが、桶屋だから浮くに決まっているとどやされて、白褌組に入れられて青くなっている。

準備運動も充分に一同海中に入り、実地訓練に入ったところで、浜辺から叫び声が起った。一同の脇差《どす》をまとめてあずかった次郎長夫人のお蝶が襲われたものである。さて、武器を持たない赤褌白褌の子分たちはどうしたか——これから先は、私にも見当がつかないのだが、このあたりで、プロデューサーは腹を抱えて笑っておいでになる。

「面白い。それ、いきましょう」

あのときと同じセリフなのが気になったが、切腹するわけではないし、今度こそ大丈夫と思って、『やくざの歴史』などという本を買い込み、勉強しながら何本か脚本を書いた。時代劇は馴れないものだから、「石松、ドアをあけておもてに出る」などというト書を書いて笑いものになったのもこの頃である。

ところが、約束の「次郎長一家海水浴」は一向に実現しないのである。この次、次の次と先に延ばされてしまう。業を煮やして事情を聞いたところ、役者が揃わないという。

次郎長は竹脇無我さんだったが、主だった子分衆も売れっ子タレントが揃っている。大抵その中の三人五人を配して一回分を作っているのだが、これを全員揃えるとなると大事《おおごと》である。出演料で、プロデューサーの方がアップアップしてしまいますという。これがやりたくて引き受けたのに、と、ふくれっ面をしたが、あとの祭であった。

二度あることは三度あるというから、私はもう水虫のチンドン屋のイメージをヒントにテレビドラマを書くことはしないつもりだが、その代り、あの頃のことを丹念に思い返すことがある。

あのチンドン屋を見たのは、たしか目黒の油面《あぶらめん》小学校のそばであった。学校の隣りにパン屋があった。私はそこで売っているカレーパンが食べたくて仕方がなかった。お母さんが寝坊してお弁当が間に合わなかったら買って上げるといわれて心待ちにしていたのだが、母は一度も朝寝をせず、キチンとお弁当を持たせてくれた。

その頃の私は痩せて目ばかり大きな女の子で、

「大きくなったら本屋へお嫁にゆく」

と言っていたそうである。目玉の大きさは変らないが小肥りに肥って、お嫁にもゆかず、テレビの脚本《ほん》を書いて暮している。まだ世の中にテレビという言葉は生れていなかった。


（オール読物／１９７９・９）

消しゴム

躯《からだ》の上に大きな消しゴムが乗っかっている。

消しゴムは、はじめ畳一枚ほどの大きさだった。除けようとすれば除けられたのだが、ほろ酔いでソファに寝そべり、毛布でも掛けようかなと思っていたところなので、ふんわりと軽い重さはかえって心地よく、除けるのが惜しかった。

それに消しゴムの消毒くさい冷たい匂いは、ついさっきまで騒いでいた穴ぐらスナックの、酒と煙草とにらレバ炒めとししゃもを焼く煙で馬鹿になった鼻を綺麗にしてくれそうな気がする。

躯の上の消しゴムは、ふくれ上ってマットレスの大きさになっている。すこし重たいが、この重さは、かえってうしろめたい快感がある。昼間思いきり泳いで眠った夜の、小指一本動かすのも大儀な、甘だるいあの感じに似ていた。

どこかで猫が啼《な》いている。うちの飼猫の声だが、なんだって夜中にあんな声で啼くのだろう。猫の啼声にまじって、シュウシュウという音も聞える。誰かが髪にスプレーをかけている。誰だろう。同じアパートに住むホステスで、夜中の一時過ぎに帰り、帰るとすぐ電気掃除機の音を立てて癇症に掃除をする人がいるが、あの人に違いない。ついこの間の大雨の夜、送ってきた男と言い争いになり、黒く濡れたコンクリートの床に白い着物が大の字になって揉み合っているのを見たが、あの時もスプレーで固めた髪だけは崩れていなかった。それにしても、この部屋の三階上のスプレーの音がどうして聞えるのだろう。

私の上に乗っかっているのは、白い四角い消しゴムである。うちの両親は、新聞は朝日、キャラメルは森永という四角四面の人間だったから、消しゴムもごく当り前のしか買って貰えなかった。友達の持っている刷毛のついたのや、長方形で二色染め分けになった消しゴムが羨しかった。長方形の半分は白だが、半分は砂の入ったジャリジャリする鼠色のゴムで、ノートや答案用紙を荒っぽくこすると紙が破けて困ったが、画用紙などのザラザラした紙の書き損いはよく消えた。

石鹼ゴムというのもあった。

うす黄色い泡を固めたような、湿り気のある消しゴムで、よく消える代り垢すりですった時のような、撚《よ》った黒いカスが沢山出た。このカスを丸めて飛ばし合いをしたりするので、石鹼ゴムを持ってきてはいけません、と先生に叱られた覚えがある。

だが、私の上に乗っているのは、白い四角い消しゴムである。目をつぶっているのに、あかりを消した部屋の中で白く大きくふくらんでゆくのが見える。遂に消しゴムは六畳の部屋いっぱいに、天井までキッチリ詰まってしまった。こんなことなら、少し窓をあけて置けばよかった。そうすれば、焼けて白くふくらんだ餅からプシュッと鼻ぼこ提灯が出るように外へ息が抜けたのだ。

猫の啼声とスプレーの音は、遠くなったがまだしつこく続いている。ひどく寒い。帰ってすぐガスストーブをつけた筈なのだが、少しも温まってこないのはどういうわけだろう。

大変なことになった、と気がついたのはこの時である。ガスが洩れている。何とかしなくては、と思うのだが、体が動かない。ふくれ上った消しゴムは手の指股まで入り込んで、じんわりと重みをかけ、小指一本動かぬようソファに縫いつけている。それでいて、とろけるように気持がいい。

ガス中毒で死にかけた友人がいた。あれは誰だったのか。こういう場合役に立つことを聞いた覚えもあるが、思い出せない。まず目だけでも開けなくてはと思うのだが、瞼は接着剤で貼りつけられ、どんなに力をこめても開かないのである。

このままでは死んでしまうぞ、と自分で自分を威《おど》しながら、もう一人の自分がそれを打消している。お前は夢を見ているのだ。夢の中で、ガス中毒になった夢を見ているのだ。今までにも似たことはあったではないか。そのまま、眠ってしまえば何ともないのだ。夢の中の夢を真にうけて、せっかくのとろけるような快感を台なしにするのは勿体ないではないか。

結局、私は渾身《こんしん》の力を振りしぼって軀の上の消しゴムを押しのけて起き上った。窓を開けて空気を吸い、息をとめて引返し、ガスストーブの栓を閉じた。上から押して点火する型式のストーブを、さかりがついて暴れていた猫が、何かのはずみでもう一度押してしまい、火が消えてガスが洩れていたらしい。

家中のドアと窓を開け放った。私は窓から身を乗り出し、体を二つ折りにして吐いた。猫も廊下へ出て吐いている。深呼吸をしたら、空気が酔いざめの水のようにおいしかった。あけ方の四時であった。

その日は夕方まで頭が痛かった。脳みそがビニール袋をかぶったようで、人の言うことが膜一枚向うに聞え、ぼんやりしていた。夕方になってどうやら食欲も出たので、食事の支度に野菜籠《かご》にころがっていたキャベツを手にとった。外側の汚れた皮を一枚むいたら、中からガスが匂った。抽斗の中の畳んだハンカチも広げると匂ったし、ハンドバッグの中の小銭入れもパチンと開けるとガス臭かった。

本当に恐ろしくなったのは、それからである。

（別冊文芸春秋／１９７８・春季号）

あとがき

二冊目の随筆集である。

随筆集といえば聞こえはいいのだが、こんなことになろうとはゆめ思わず十年前に書いたもの、駄文雑文いりまじって、さながら駄菓子屋の店先である。

題の「眠る盃」は、「荒城の月」の一節「めぐる盃」を間違えて覚えてしまったという小文の題をそのまま使ったものだが、性粗忽にして怠惰、こうしてものを書いて食べていること自体なにかの間違いのような気がしているので、それやこれや考え合せて自分らしい題と思っている。

あとさきになったが、講談社の大村彦次郎、高柳信子両氏の年余にわたるお心入れには、お礼のことばも見つからない。装幀を引き受けて下さった司修氏とお三方ならべて、とりあえずありがとうございましたと申上げておきます。

一九七九年十月

向田邦子

向田さんのこと

山田太一

「眠る盃」という短い文章は、昭和五十三年十月の東京新聞にのった。一読三歎してすぐ私は向田さんに電話した。その頃私は向田さんのエッセイを「発見」した気になっていた。「銀座百点」に連載していたエッセイが実に素晴しく、どうして人々の話題にならないのだろうと口惜しいような思いでいた。人の作品にそういう思いを抱くのは普通ではないが、半分わが身に重ねていたところがあったのである。テレビライターの書くものだから、とみんな本気で読もうとしていないのではないか、という気持があった。

ひがみは目を曇らせる。「銀座百点」が限られた土地の限られた人の目にしか触れない小冊子であることを、わざと考えなかった。いま思うとわれながら情けない狭量だが、それには多少向田さんのせいもあった。

その頃向田さんは、自分のシナリオなんでどんどん捨てちゃうわ、とよくいっていたのである。「とっとくなんてとんでもない。見たくもないの。終ったら、さっさと捨てちゃうの」そんな風に自分のテレビのシナリオについておっしゃっていた。

私はそれに反対であった。

「寺内貫太郎一家」という向田さんのテレビドラマに心から敬服し、自分にはとても書けないと思い、あちこちで「すごいすごい」といっているうちに、ひき合せてくれる人がいて知り合ったのである。

するとそういうことをおっしゃるのである。

あんなすごい作品を「捨てちゃう」なんて自然ではないと思った。照れておっしゃってるだけかもしれない。あるいは、力をこめた作品も、そのよさを深く受けとめる人のあまりの少なさに、すねておっしゃっているのかもしれない。本気で「どうでもいい」と考えていらっしゃるはずはないとは思ったが、生意気にも私は反対を唱えた。

たしかにテレビドラマにおいては、演出家も俳優も、そして視聴者も、終ってしまうとまるで競争で忘れ去ろうとするようにそのドラマからはなれて行くが、ライターだけは離れてはいけないのではないか、ラングストン・ヒューズが、こづき回されて誰も鼻もひっかけない黒人の少年が「ぼくを重んぜよ」と胸の中でくりかえす詩を書いているけれど（いい年をして青くさい物言いをしたものだが）「このドラマを重んぜよ」とライターだけはひそかにいっていなければいけないのではないか、脚本は大事にとっておかなければいけないのではないか、それがライターの退廃をくいとめる歯止めになるのではないか、などと五歳年上の先輩に、中学生みたいなことを申上げたのであった。

「いいの、私は」と向田さんは苦笑するようにいわれ、話題をそらされた。それでも私は内心「寺内貫太郎一家」のような作品を書きながら「とっとく」とか「とっとかない」とかいうことが頭をかすめることさえ残念であり「とっとかなきゃいけない」に決まってるじゃないか、と思っていた。

そこへ「銀座百点」の連載エッセイである。毎号実に面白かった。これをしも向田さんは「どんどん捨てちゃうわ」などといっているのではないだろうな、と私は勝手にやきもきした。連載が終った。私の交際の範囲では、それを話題にする人はいなかった。そこへ「眠る盃」である。やっぱり素晴しい。向田さんのエッセイはすごい、と思った。電話で「御自分では気がついていらっしゃらないかもしれないけれど」などと思い出しても汗が出るような僭越な口をきいて、せい一杯の讃辞を連らねた。「おかげさまでね」と向田さんはおっしゃった。「他にもちょっとほめて下さる方がいて、あんなの仕様がないと思うんだけど、銀座百点の連載、本になりますの」

　それは何よりです、と私は喜んだ。やっぱりいるんですねえ、分ってる人は、などといった。間もなく連載エッセイは「父の詫び状」という本になって出た。贈っていただいて、すぐまた私は長文の手紙を書いた。連載中より、もっといい作品に思えた。これが評価されなかったら、世間というものは随分不公平なものだな、などと思った。

　それからひと月もたたないうちに、その本は、嵐のような讃辞に包まれていた。讃めない人はいないというような人気であった。勝手なもので私は、とり残されたような気分になった。もう私が電話をするまでもない。ひとり場末の酒場で昔の友人の成功をはるかに感じているというような按配になった。そんななかで、雑誌で読んだのが「中野のライオン」である。楽しくて電話をしたいが、どういうものかなどと思っていると向うからいただいた。私のテレビドラマをちゃんと見て下さっていて、いろいろいって下さるのである。私も元に戻って、長々と気楽に勝手なことをしゃべった。しゃべりながら、写真でも見たことがない、お父さんのワイシャツを仕立て直した白のブラウスに、黒いギャバジンのスカートの女子学生の頃の向田さんを、なぜか電話の向うに感じるのであった。

改めてこの「眠る盃」というエッセイ集を読み返すと、あざやかに向田さんの姿がよみがえる。よみがえるように、文章が書かれてある。キリリとした色気の、心配りこまやかな女性のあたたかさが、頁を閉じた読者の胸にも、きっと長く残るに相違ない。哀惜の思いが、また溢れてしまう。

新装版　解説

酒井順子

「うちの電話はベルを鳴らす前に肩で息をする」（「新宿のライオン」）

などと一行目に書いてあったら、もうその瞬間から引き込まれずにはいられないのが、我々読み手。昔の黒い電話機には、確かに「肩」がありました。そして電話が鳴り出す前には、かすかな気配が漂ったのであって、そのことを「肩で息をする」と記すこの才よ……。

黒い電話機を知らない若い世代には、この文章の魅力がわからないのかと思うと、私は少し不憫になります。その後、ダイヤル式の電話は減ってプッシュ式となり、やがてファックスと一体型の電話が増えたかと思うと、今度は携帯電話が登場してあっという間に広まり、今や家に電話機を持たない人も珍しくありません。わざわざ「家の電話」とか「固定電話」と、言わなくてはならなくなったのです。

電話は固定しているのが当たり前であった向田邦子の時代は、随分遠くなりました。向田邦子は昭和四（一九二九）年生まれ。存命であったら、二〇一六年現在で八十七歳になっているはずです。昭和五十六（一九八一）年に五十一歳で他界した彼女は、平成という時代も、携帯もパソコンも見ることはありませんでした。しかし今、私達が彼女の作品を読む時に、古さを感じることはありません。

枕草子も同じですが、人間の心、そして女性の心には、どれほど時が流れても変わることのない普遍性があって、それを捉えている随筆は、決して古びないのです。文中に出てくる小道具が十二単《ひとえ》であろうと黒電話であろうと、時代を超越する芯のようなものが読者の胸の鍵穴に入って、そこを容易に開けることができる。対して小道具でしか読者との共通性を見出すことができない随筆は、書かれた時はどんなに鮮やかな存在であっても、時代とともに消えゆく運命にあるのです。

向田邦子は、生涯独身でした。当時は今と違って国民皆婚時代ですから、独身を続けるのも、大変だったのでは……と思うわけですが、本書を読んでわかるのは、時代は違えど独身者のあり方には普遍性がある、ということです。

一人暮らしの独身女と猫との相性の良さはよく知られていますが、向田邦子はまさに、「一人暮らしで猫を飼う独身女」。充実した仕事と、突然訪ねて行っても切手を貸してくれるような気の合う女友達を持っており、お洒落で、食道楽。……それは、今を生きる独身女性達の生態とほとんど変わるものではありません。今はメールで何でも事足りる時代なので切手を借りには行かないかもしれないけれど、独身女性にとって何よりも大切な存在は、女友達。

向田邦子亡き後、日本ではどんどん働く独身女性が増えてゆきました。私もその一人であるわけですが、私達はずっと、向田邦子のあとを追い続けているのかもしれません。

たとえば、

「私は、テレビの脚本を書いて身すぎ世すぎをしている売れのこりの女の子（？）でありますが、」（「水羊羹」）

といったユーモラスな自虐は、今の我々にとっても必須の手段。しかし、自虐ばかりしていればよいものでもありません。『あ』には、小さな子供達との微笑ましい交流が記してありますが、犬の「クンタ」（このネーミングもまた、わかる人にはわかる時代の風が……）の飼い主である少年がある日、クンタの消息を聞かれて、

「ベエ！」

と、舌を出して走り去ってしまう。その後にくる、

「子供を持たなかったことを悔やむのは、こういう時である」

という締めの文章に、ひりつく感慨を抱かない子ナシ女はいるでしょうか。少子化のデータをどれほど用意し、子を産むメリットをどれほど並べ立てても、この一文に勝る説得力を持つことはないのではないか。

しかし向田邦子の独身生活は、寂しそうには見えません。それというのも彼女の生活が、一人身であるからこそ可能な豊かさと端正さを湛《たた》えていたからでしょう。

たとえば、料理。『向田邦子の手料理』は、独身女性の書棚には必ずあると言われている（うちにもあります）、独身料理本の古典なのであり、手早く作ることができて美味しい料理がたくさん載っています。本書にも記してありますが、向田邦子は外で食べた美味しい料理の味を再現してみせるという、食に対する飽くなき探究心と、それに見合う料理の腕を持つ人だったのです。

また『向田邦子　おしゃれの流儀』を読めば、そのお洒落ぶりにも憧れが募《つの》ります。多少値が張っても、上等で気に入ったものを手に入れて、大切に身につける。知的で美しい顔立ちと、その妥協をしないファッションとが相まって、一つのスタイルができています。

すなわち向田邦子は、センスの良い人でありました。本書の「負けいくさ　東京美術倶楽部の歳末売立て」を読めば、自分なりの選択眼で古美術を見て、買わずにはいられなくなるという姿もあって、そのセンスは全方向に向けられていた模様。

それは、「好きになる力」が強いということなのです。衣食住のみならず、人でも本でも、向田邦子の視線は、相手を冷静に観察して腑分《ふわ》けするために向けられるのではありません。彼女は相手を好きになるために、対象を見ています。

それは本書の中の、森繁久彌から町の魚屋さんまでの人物評を読むと、よくわかること。物でも人でも、「良い」と思うことができたら、相手が持つ力を最大限に生かしてあげたいと思う人が向田邦子であり、その感覚は母性にも似ていたのではないでしょうか。

私は向田邦子の死後に、その作品を読むようになった者です。自分が二十代の頃は、そのユーモアや機知に惹かれ、三十代の頃はその裏にある哀しさに陶酔。四十代になって読み返せば、彼女の山あり谷ありの人生の中でも、日々の生活を楽しむ強さとセンスが見えてきて、励まされるような気持ちに。

ふと気がつけば、自分も向田邦子の享年に近づいてきています。そこで改めて向田作品を読んで感じるのは、そのエッセイと、彼女の人生の共通点でした。

一口で言うならば向田邦子は、エッセイも人生も、「カットイン、カットアウト」の人。

「ある日の夕方のこと。私が夕刊をポストから取ろうとして四苦八苦していると、電話が鳴りました」

などと生ぬるくフェイドインするのでなく、

「うちの電話はベルを鳴らす前に肩で息をする」

と、一つの「、」すらも入れずにスパッと言い切る見事さよ。

エッセイの書き出しと同じように、向田邦子はその人生において、文筆の世界にカットインしています。様々な下積みもあったのだけれど、初めての小説集で直木賞を受賞。故・山本夏彦が「向田邦子は突然あらわれてほとんど名人である」と書いた話は有名ですが、「天才」は突然あらわれることができても、熟練が必要な「名人」が突然あらわれるのは、ほとんど不可能。それを向田邦子はやってのけたのです。

直木賞受賞の翌年、向田邦子は飛行機事故によって他界。まさにカットアウトと言っていいでしょう。人生の終わり方は選べるものではないけれど、

「子供を持たなかったことを悔やむのは、こういう時である」

という、一本のエッセイを締める文章がもたらすのと同じ哀しみと、「やられた」という気分と、言葉にできない余韻とを、彼女は残しました。

エッセイにおいて最初の一行と最後の一行が担う役割は極めて大きいわけですが、

本書で私達は、小気味良い「カットイン、カットアウト」を、何度も味わうことができます。水羊羹の魅力が記された、その名も「水羊羹」が私は好きなのですが、その最後の一段落は、

「水羊羹が一年中あればいいという人もいますが、私はそうは思いません。水羊羹は冷し中華やアイスクリームとは違います。新茶の出る頃から店にならび、うちわを仕舞う頃にはひっそりと姿を消す、その短い命がいいのです」

というもの。

短い命であるからこそ、魅力的な水羊羹。今になって読めば、その存在感は、向田邦子そのものです。

「水羊羹は気易くて人なつこいお菓子です」

という記述がありますが、向田作品もまさに「気易くて人なつこい」。しかしその人なつこさは、駄菓子のそれではなく、粋で上品。

「水羊羹の命は切口と角であります」

ともありますが、向田作品の切口の鮮やかさは、我々が既《すで》によく知るところです。

向田作品の美しい「角」は、水羊羹の「角」と同様、固くありません。「手のきれそうなとがった角」なのだけれど、実は触れれば崩れるほどに柔らかく、水気をたっ

ぷりと含んでいて、透明感を湛えた、うす墨色の角。

そんな柔らかくてほの甘くて鋭い角を口に含む快感をずっと味わっていたいのだけれど、水羊羹は夏が終われば店頭から姿を消してしまいます。向田邦子もまた、我々の前からあっさり、いなくなってしまいました。

「水羊羹は、ふたつ食べるものではありません」

「その代り、その『ひとつ』を大事にしましょうよ」

と、向田邦子は書きました。名人芸である彼女の文章のみならず、食べることも、着ることも、愛することも、生きることも。ひとつひとつを大事にした彼女の人生そのものを、私達は追いかけているのでしょう。

本作品には、今日の観点から見ると差別表現ととられかねない箇所があります。しかし作者の意図は、決して差別を助長するものではないこと、作品自体のもつ文学性ならびに芸術性、また著者がすでに故人であるという事情に鑑み、表現の削除、変更は行わず底本どおりの表記としました。読者各位のご賢察をお願いします。

〈編集部〉

本作品は一九七九年一〇月、小社より単行本で刊行され、一九八二年六月に講談社文庫で刊行されたものを改訂し、文字を大きくしたものです。

|著者|向田邦子　1929年東京生まれ。脚本家、エッセイスト、作家。実践女子専門学校（現・実践女子大学）国語科卒業。映画雑誌の編集者を経て放送作家になり、テレビ・ラジオで活躍。代表作は「だいこんの花」「寺内貫太郎一家」「阿修羅のごとく」「あ・うん」など。乳癌の発病をきっかけにエッセイを書き始め、'80年に初めての短編小説「花の名前」「かわうそ」「犬小屋」で第83回直木賞を受賞。しかし、翌年8月、台湾旅行中に航空機事故で急逝。著書に『父の詫び状』『あ・うん』（ともに文春文庫）、『夜中の薔薇』（講談社文庫）、『思い出トランプ』『男どき女どき』（ともに新潮文庫）などがある。

新装版《しんそうばん》　眠《ねむ》る盃《さかずき》
向田《むこうだ》邦子《くにこ》

2016年1月15日第1刷発行
2025年5月27日第17刷発行

発行者——篠木和久
発行所——株式会社　講談社
東京都文京区音羽2-12-21　〒112-8001
電話　出版（03）5395-3510
　　　販売（03）5395-5817
　　　業務（03）5395-3615
Printed in Japan

講談社文庫
定価はカバーに
表示してあります

KODANSHA

デザイン—菊地信義
本文データ制作—講談社デジタル製作
印刷———株式会社KPSプロダクツ
製本———株式会社KPSプロダクツ

ISBN978-4-06-293295-0

講談社文庫刊行の辞

二十一世紀の到来を目睫に望みながら、われわれはいま、人類史上かつて例を見ない巨大な転換期をむかえようとしている。

世界も、日本も、激動の予兆に対する期待とおののきを内に蔵して、未知の時代に歩み入ろうとしている。このときにあたり、創業の人野間清治の「ナショナル・エデュケイター」への志を現代に甦らせようと意図して、われわれはここに古今の文芸作品はいうまでもなく、ひろく人文・社会・自然の諸科学から東西の名著を網羅する、新しい綜合文庫の発刊を決意した。

激動の転換期はまた断絶の時代である。われわれは戦後二十五年間の出版文化のありかたへの深い反省をこめて、この断絶の時代にあえて人間的な持続を求めようとする。いたずらに浮薄な商業主義のあだ花を追い求めることなく、長期にわたって良書に生命をあたえようとつとめるところにしか、今後の出版文化の真の繁栄はあり得ないと信じるからである。

同時にわれわれはこの綜合文庫の刊行を通じて、人文・社会・自然の諸科学が、結局人間の学にほかならないことを立証しようと願っている。かつて知識とは、「汝自身を知る」ことにつきていた。現代社会の瑣末な情報の氾濫のなかから、力強い知識の源泉を掘り起し、技術文明のただなかに、生きた人間の姿を復活させること。それこそわれわれの切なる希求である。

われわれは権威に盲従せず、俗流に媚びることなく、渾然一体となって日本の「草の根」をかたちづくる若く新しい世代の人々に、心をこめてこの新しい綜合文庫をおくり届けたい。それは知識の泉であるとともに感受性のふるさとであり、もっとも有機的に組織され、社会に開かれた万人のための大学をめざしている。大方の支援と協力を衷心より切望してやまない。

一九七一年七月

野間省一

宮部みゆき　ステップファザー・ステップ〈新装版〉
宮子あずさ　看護婦が見つめた人間が死ぬということ宮本昌孝　家康、死す(上)(下)
三津田信三　忌《い》館《かん》〈ホラー作家の棲む家〉
三津田信三　作者不詳(上)(下)〈ミステリ作家の読む本〉
三津田信三　蛇《じゃ》棺《かん》葬《そう》
三津田信三　百《ひゃく》蛇《じゃ》堂《どう》〈怪談作家の語る話〉
三津田信三　厭魅《まじもの》の如き憑くもの
三津田信三　凶鳥《まがとり》の如き忌むもの
三津田信三　首無《くびなし》の如き祟るもの
三津田信三　山魔《やまんま》の如き嗤《わら》うもの
三津田信三　水魑《みづち》の如き沈むもの
三津田信三　密室《ひめむろ》の如き籠《こも》るもの
三津田信三　生霊《いきだま》の如き重《だぶ》るもの
三津田信三　幽女《ゆうじょ》の如き怨むもの
三津田信三　碆霊《はえだま》の如き祀るもの
三津田信三　魔偶《まぐう》の如き齎《もたら》すもの
三津田信三　忌名《いな》の如き贄《にえ》るもの
三津田信三　シェルター　終末の殺人
三津田信三　ついてくるもの
三津田信三　誰かの家
三津田信三　忌《い》物《ぶっ》堂《どう》鬼《き》談《だん》
道尾秀介　カラスの親指〈by rule of CROW's thumb〉
道尾秀介　カエルの小指〈a murder of crows〉
道尾秀介　水の柩
深《み》木《き》章《あき》子《こ》　鬼畜の家
湊かなえ　リバース
宮内悠介　彼女がエスパーだったころ
宮内悠介　偶然の聖地
宮乃崎《みやのさき》桜子《さくらこ》　綺《き》羅《ら》の皇《ひめ》女《みこ》(1)
宮乃崎桜子　綺羅の皇女(2)
三國青葉　損料屋見鬼《けんき》控え 1
三國青葉　損料屋見鬼控え 2
三國青葉　損料屋見鬼控え 3
三國青葉　福　猫　屋〈お佐和のねこだすけ〉
三國青葉　福　猫　屋〈お佐和のねこかし〉
三國青葉　福　猫　屋〈お佐和のねこわずらい〉
三國青葉　母上は別《べっ》式《しき》女《め》
三國青葉　母上は別式女 2
宮西真冬　誰かが見ている
宮西真冬　首　の　鎖
宮西真冬　友　達　未　遂
宮西真冬　毎日世界が生きづらい
南　杏子　希望のステージ
嶺里俊介　だいたい本当の奇妙な話
嶺里俊介　ちょっと奇妙な怖い話
溝口　敦　喰うか喰われるか〈私の山口組体験〉
三谷幸喜／松野大介　三谷幸喜　創作を語る
三嶋龍朗／協力 小泉徳宏　小説　父と僕の終わらない歌
村上　龍　愛と幻想のファシズム(上)(下)
村上　龍　村上龍料理小説集
村上　龍　新装版　限りなく透明に近いブルー
村上　龍　新装版　コインロッカー・ベイビーズ
村上　龍　歌うクジラ(上)(下)
向田邦子　新装版　眠　る　盃
向田邦子　新装版　夜中の薔薇
村上春樹　風の歌を聴け

村上春樹　1973年のピンボール
村上春樹　羊をめぐる冒険(上)(下)
村上春樹　カンガルー日和
村上春樹　回転木馬のデッド・ヒート
村上春樹　ノルウェイの森(上)(下)
村上春樹　ダンス・ダンス・ダンス(上)(下)
村上春樹　遠い太鼓
村上春樹　国境の南、太陽の西
村上春樹　やがて哀しき外国語
村上春樹　アンダーグラウンド
村上春樹　スプートニクの恋人
村上春樹　アフターダーク
村上春樹／佐々木マキ絵　羊男のクリスマス
村上春樹／佐々木マキ絵　ふしぎな図書館
村上春樹／糸井重里　夢で会いましょう
村上春樹・文／安西水丸・絵　ふわふわ
U・K・ル＝グウィン／村上春樹訳　空飛び猫
U・K・ル＝グウィン／村上春樹訳　帰ってきた空飛び猫
U・K・ル＝グウィン／村上春樹訳　素晴らしいアレキサンダーと、空飛び猫たち
U・K・ル＝グウィン／村上春樹訳　空を駆けるジェーン
T・ファリッシュ著／B・ルート絵／村上春樹訳　ポテト・スープが大好きな猫
村山由佳　天翔る
睦月影郎　密通妻
睦月影郎　快楽アクアリウム
向井万起男　渡る世間は「数字」だらけ
村田沙耶香　授乳
村田沙耶香　マウス
村田沙耶香　星が吸う水
村田沙耶香　殺人出産
村瀬秀信　気がつけばチェーン店ばかりでメシを食べている
村瀬秀信　それでも気がつけばチェーン店ばかりでメシを食べている
村瀬秀信　地方に行っても気がつけばチェーン店ばかりでメシを食べている
虫眼鏡　東海オンエアの動画が6.4倍楽しくなる本〈虫眼鏡の概要欄　クロニクル〉
森村誠一　悪道
森村誠一　悪道　西国謀反
森村誠一　悪道　御三家の刺客
森村誠一　悪道　五右衛門の復讐
森村誠一　悪道　最後の密命
森村誠一　ねこの証明
毛利恒之　月光の夏
森博嗣　すべてがFになる〈THE PERFECT INSIDER〉
森博嗣　冷たい密室と博士たち〈DOCTORS IN ISOLATED ROOM〉
森博嗣　笑わない数学者〈MATHEMATICAL GOODBYE〉
森博嗣　詩的私的ジャック〈JACK THE POETICAL PRIVATE〉
森博嗣　封印再度〈WHO INSIDE〉
森博嗣　幻惑の死と使途〈ILLUSION ACTS LIKE MAGIC〉
森博嗣　夏のレプリカ〈REPLACEABLE SUMMER〉
森博嗣　今はもうない〈SWITCH BACK〉
森博嗣　数奇にして模型〈NUMERICAL MODELS〉
森博嗣　有限と微小のパン〈THE PERFECT OUTSIDER〉
森博嗣　黒猫の三角〈Delta in the Darkness〉
森博嗣　人形式モナリザ〈Shape of Things Human〉
森博嗣　月は幽咽のデバイス〈The Sound Walks When the Moon Talks〉
森博嗣　夢・出逢い・魔性〈You May Die in My Show〉
森博嗣　魔剣天翔〈Cockpit on knife Edge〉
森博嗣　恋恋蓮歩の演習〈A Sea of Deceits〉
森博嗣　六人の超音波科学者〈Six Supersonic Scientists〉

講談社文庫 目録

森 博嗣 捩れ屋敷の利鈍 〈The Riddle in Torsional Nest〉
森 博嗣 朽ちる散る落ちる 〈Rot off and Drop away〉
森 博嗣 赤 緑 黒 白 〈Red Green Black and White〉
森 博嗣 四季 春～冬
森 博嗣 φ《ファイ》は壊れたね 〈PATH CONNECTED φ BROKE〉
森 博嗣 θ《シータ》は遊んでくれたよ 〈ANOTHER PLAYMATE θ〉
森 博嗣 τ《タウ》になるまで待って 〈PLEASE STAY UNTIL τ〉
森 博嗣 ε《イプシロン》に誓って 〈SWEARING ON SOLEMN ε〉
森 博嗣 λ《ラムダ》に歯がない 〈λ HAS NO TEETH〉
森 博嗣 η《イータ》なのに夢のよう 〈DREAMILY IN SPITE OF η〉
森 博嗣 目薬 α《アルファ》で殺菌します 〈DISINFECTANT α FOR THE EYES〉
森 博嗣 ジグβ《ベータ》は神ですか 〈JIG β KNOWS HEAVEN〉
森 博嗣 キウイγ《ガンマ》は時計仕掛け 〈KIWI γ IN CLOCKWORK〉
森 博嗣 χ《カイ》の悲劇 〈THE TRAGEDY OF χ〉
森 博嗣 ψ《プサイ》の悲劇 〈THE TRAGEDY OF ψ〉
森 博嗣 イナイ×イナイ 〈PEEKABOO〉
森 博嗣 キラレ×キラレ 〈CUTTHROAT〉
森 博嗣 タカイ×タカイ 〈CRUCIFIXION〉
森 博嗣 ムカシ×ムカシ 〈REMINISCENCE〉

森 博嗣 サイタ×サイタ 〈EXPLOSIVE〉
森 博嗣 ダマシ×ダマシ 〈SWINDLER〉
森 博嗣 女王の百年密室 〈GOD SAVE THE QUEEN〉
森 博嗣 迷宮百年の睡魔 〈LABYRINTH IN ARM OF MORPHEUS〉
森 博嗣 赤目姫の潮解 〈LADY SCARLET EYES AND HER DELIQUESCENCE〉
森 博嗣 馬鹿と嘘の弓 〈Fool Lie Bow〉
森 博嗣 歌の終わりは海 〈Song End Sea〉
森 博嗣 まどろみ消去 〈MISSING UNDER THE MISTLETOE〉
森 博嗣 地球儀のスライス 〈A SLICE OF TERRESTRIAL GLOBE〉
森 博嗣 レタス・フライ 〈Lettuce Fry〉
森 博嗣 僕は秋子に借りがある I'm in Debt to Akiko 〈森博嗣自選短編集〉
森 博嗣 どちらかが魔女 Which is the Witch? 〈森博嗣シリーズ短編集〉
森 博嗣 喜嶋先生の静かな世界 〈The Silent World of Dr.Kishima〉
森 博嗣 そして二人だけになった 〈Until Death Do Us Part〉
森 博嗣 つぶやきのクリーム 〈The cream of the notes〉
森 博嗣 ツンドラモンスーン 〈The cream of the notes 4〉
森 博嗣 つぼみ茸《きのこ》ムース 〈The cream of the notes 5〉
森 博嗣 つぶさにミルフィーユ 〈The cream of the notes 6〉
森 博嗣 月夜のサラサーテ 〈The cream of the notes 7〉

森 博嗣 つんつんブラザーズ 〈The cream of the notes 8〉
森 博嗣 ツベルクリンムーチョ 〈The cream of the notes 9〉
森 博嗣 追懐のコヨーテ 〈The cream of the notes 10〉
森 博嗣 積み木シンドローム 〈The cream of the notes 11〉
森 博嗣 妻のオンパレード 〈The cream of the notes 12〉
森 博嗣 つむじ風のスープ 〈The cream of the notes 13〉
森 博嗣 カクレカラクリ 〈An Automaton in Long Sleep〉
森 博嗣 DOG&DOLL
森 博嗣 森には森の風が吹く 〈My wind blows in my forest〉
森 博嗣 アンチ整理術 〈Anti-Organizing Life〉
萩尾望都 原作 森 博嗣 トーマの心臓 〈Lost heart for Thoma〉
諸田玲子 森家の討ち入り
森 達也 すべての戦争は自衛から始まる
本谷有希子 腑抜けども、悲しみの愛を見せろ
本谷有希子 江利子と絶対 〈本谷有希子文学大全集〉
本谷有希子 あの子の考えることは変
本谷有希子 嵐のピクニック
本谷有希子 自分を好きになる方法
本谷有希子 異類婚姻譚

本谷有希子 静かに、ねえ、静かに
茂木健一郎 「赤毛のアン」に学ぶ幸福《しあわせ》になる方法
森林原人 〈偏差値78のAV男優が考える〉セックス幸福論
桃戸ハル編・著 5分後に意外な結末〈ベスト・セレクション〉
桃戸ハル編・著 5分後に意外な結末〈ベスト・セレクション 黒の巻・白の巻〉
桃戸ハル編・著 5分後に意外な結末〈ベスト・セレクション 心震える赤の巻〉
桃戸ハル編・著 5分後に意外な結末〈ベスト・セレクション 心弾ける橙の巻〉
桃戸ハル編・著 5分後に意外な結末〈ベスト・セレクション 金の巻〉
桃戸ハル編・著 5分後に意外な結末〈ベスト・セレクション 銀の巻〉
森 功 高倉健〈隠し続けた七つの顔と「謎の養女」〉
森 功 地面師〈他人の土地を売り飛ばす闇の詐欺集団〉
望月麻衣 京都船岡山アストロロジー
望月麻衣 京都船岡山アストロロジー2〈星と創作のアンサンブル〉
望月麻衣 京都船岡山アストロロジー3〈恋のハウスと檸檬色の憂鬱〉
望月麻衣 京都船岡山アストロロジー4〈月の心と惑星回帰〉
桃《もも》野《の》雑《ざっ》派《ぱ》 老虎残夢
桃野雑派 星くずの殺人
森沢明夫 本が紡いだ五つの奇跡
山田風太郎 甲賀忍法帖〈山田風太郎忍法帖①〉

山田風太郎 伊賀忍法帖〈山田風太郎忍法帖③〉
山田風太郎 忍法八犬伝〈山田風太郎忍法帖④〉
山田風太郎 風来忍法帖〈山田風太郎忍法帖⑪〉
山田風太郎 新装版 戦中派不戦日記
山田正紀 大江戸ミッション・インポッシブル〈顔役を消せ〉
山田正紀 大江戸ミッション・インポッシブル〈幽霊船を奪え〉
山田詠美 晩年の子供
山田詠美 A《エイ》2《トウ》Z《ズイ》
山田詠美 珠玉の短編
柳家小三治 ま・く・ら
柳家小三治 もひとつま・く・ら
柳家小三治 バ・イ・ク
山口雅也 落語魅《ミ》捨《ステ》理《リ》全集〈坊主の愉しみ〉
山本一力 深川黄表紙掛取り帖
山本一力 牡丹酒〈深川黄表紙掛取り帖(二)〉
山本一力 ジョン・マン1 波濤編
山本一力 ジョン・マン2 大洋編
山本一力 ジョン・マン3 望郷編
山本一力 ジョン・マン4 青雲編

山本一力 ジョン・マン5 立志編
椰月美智子 十二歳
椰月美智子 しずかな日々
椰月美智子 ガミガミ女とスーダラ男
椰月美智子 恋愛小説
柳 広司 キング&クイーン
柳 広司 怪談
柳 広司 ナイト&シャドウ
柳 広司 幻影城市
柳 広司 風神雷神(上)(下)
薬丸 岳 闇の底
薬丸 岳 虚夢
薬丸 岳 刑事のまなざし
薬丸 岳 逃走
薬丸 岳 ハードラック
薬丸 岳 その鏡は嘘をつく
薬丸 岳 刑事の約束
薬丸 岳 Aではない君と
薬丸 岳 ガーディアン

薬丸 岳　刑事の怒り
薬丸 岳　天使のナイフ〈新装版〉
薬丸 岳　告解
薬丸 岳　刑事弁護人(上)(下)
山崎ナオコーラ　可愛い世の中
矢月秀作　A《ア》C《ク》T《ト》〈警視庁特別潜入捜査班〉
矢月秀作　A《ア》C《ク》T《ト》2　告発者〈警視庁特別潜入捜査班〉
矢月秀作　A《ア》C《ク》T《ト》3　掠奪〈警視庁特別潜入捜査班〉
矢野 隆　我が名は秀秋
矢野 隆　戦《いくさ》始末
矢野 隆　乱
矢野 隆　長篠の戦い〈戦百景〉
矢野 隆　桶狭間の戦い〈戦百景〉
矢野 隆　関ヶ原の戦い〈戦百景〉
矢野 隆　川中島の戦い〈戦百景〉
矢野 隆　本能寺の変〈戦百景〉
矢野 隆　山崎の戦い〈戦百景〉
矢野 隆　大坂冬の陣〈戦百景〉
矢野 隆　大坂夏の陣〈戦百景〉
矢野 隆　籠城忍《しのび》〈小田原の陣〉
山内マリコ　かわいい結婚
山本周五郎　さぶ〈山本周五郎コレクション〉
山本周五郎　白石城死守〈山本周五郎コレクション〉
山本周五郎　完全版 日本婦道記(上)(下)〈山本周五郎コレクション〉
山本周五郎　戦国武士道物語 死《し》處《しょ》〈山本周五郎コレクション〉
山本周五郎　戦国物語 信長と家康〈山本周五郎コレクション〉
山本周五郎　幕末物語 失蝶記〈山本周五郎コレクション〉
山本周五郎　逃亡記 時代ミステリ傑作選〈山本周五郎コレクション〉
山本周五郎　家族物語 おもかげ抄〈山本周五郎コレクション〉
山本周五郎　繁《しげ》あね〈美しい女たちの物語〉
山本周五郎　雨あがる〈映画化作品集〉
柳田理科雄　スター・ウォーズ 空想科学読本
柳田理科雄　MARVEL マーベル空想科学読本
靖子靖史　空《くう》色《しき》カンバス〈瑞空寺《ずいくうじ》凸凹《でこぼこ》縁起《えんぎ》〉
安本由佳／山本理沙　不機嫌な婚活
山中伸弥／平尾誠二・惠子　友情〈平尾誠二と山中伸弥「最後の約束」〉
山手樹一郎　夢介千両みやげ(上)(下)〈完全版〉
山口仲美　すらすら読める枕草子
山本巧次　戦国快盗 嵐丸〈今川家を狙え〉
山本巧次　戦国快盗 嵐丸〈朝倉家をカモれ〉
夜弦雅也　逆境〈大正警察 事件記録〉
夢枕 獏　大江戸釣客伝(上)(下)
夢枕 獏　大江戸《おおえど》火龍《かりゅう》改《あらため》
唯川 恵　雨　心中
行成 薫　ヒーローの選択
行成 薫　バイバイ・バディ
行成 薫　スパイの妻
行成 薫　さよなら日和
柚月裕子　合理的にあり得ない〈上水流《かみづる》涼子《りょうこ》の解明〉
夕木春央　絞《こう》首《しゅ》商《しょう》會《かい》
夕木春央　サーカスから来た執達吏
夕木春央　方舟
吉村 昭　私の好きな悪い癖
吉村 昭　吉村昭の平家物語
吉村 昭　暁の旅人
吉村 昭　新装版 白い航跡(上)(下)
吉村 昭　新装版 海も暮れきる

吉村　昭　新装版 間宮林蔵
吉村　昭　新装版 赤い人
吉村　昭　新装版 落日の宴(上)(下)
吉村　昭　白い遠景
横尾忠則　言葉を離れる
与那原　恵　わたぶんぶん〈わたしの「料理沖縄物語」〉
米原万里　ロシアは今日も荒れ模様
横山秀夫　半落ち
横山秀夫　出口のない海
吉田修一　日曜日たち
吉田修一　昨日、若者たちは
吉本隆明　真贋
吉本隆明　フランシス子へ
横関　大　再会
横関　大　グッバイ・ヒーロー
横関　大　チェインギャングは忘れない
横関　大　沈黙のエール
横関　大　ルパンの娘
横関　大　ルパンの帰還

横関　大　ホームズの娘
横関　大　ルパンの星
横関　大　ルパンの絆
横関　大　スマイルメイカー
横関　大　K2〈池袋署刑事課 神崎・黒木〉
横関　大　帰ってきたK2〈池袋署刑事課 神崎・黒木〉
横関　大　炎上チャンピオン
横関　大　ピエロがいる街
横関　大　仮面の君に告ぐ
横関　大　誘拐屋のエチケット
横関　大　ゴースト・ポリス・ストーリー
横関　大　忍者に結婚は難しい
吉川永青　裏関ヶ原
吉川永青　化け札
吉川永青　治部の礎《いしずえ》
吉川永青　老侍
吉川永青　雷雲の龍〈会津に吼える〉
吉村龍一　光る牙
吉川トリコ　ぶらりぶらこの恋

吉川トリコ　ミドリのミ
吉川トリコ　余命一年、男をかう
吉川英梨　波動〈新東京水上警察〉
吉川英梨　烈渦〈新東京水上警察〉
吉川英梨　朽《く》海《かい》の城〈新東京水上警察〉
吉川英梨　海底の道化師〈新東京水上警察〉
吉川英梨　月《げつ》下《か》蠟《ろう》人《じん》〈新東京水上警察〉
吉川英梨　海《かい》蝶《ちょう》〈海を護るミューズ〉
吉森大祐　幕末ダウンタウン
吉森大祐　蔦重
横山光輝 山岡荘八・原作　漫画版 徳川家康1
横山光輝 山岡荘八・原作　漫画版 徳川家康2
横山光輝 山岡荘八・原作　漫画版 徳川家康3
横山光輝 山岡荘八・原作　漫画版 徳川家康4
横山光輝 山岡荘八・原作　漫画版 徳川家康5
横山光輝 山岡荘八・原作　漫画版 徳川家康6
横山光輝 山岡荘八・原作　漫画版 徳川家康7
横山光輝 山岡荘八・原作　漫画版 徳川家康8
よむーく　よむーくの読書ノート

よむーくよむーくノートブック
隆 慶一郎　花と火の帝 (上)(下)
隆 慶一郎　時代小説の愉しみ
リレーミステリー　宮 辻 薬 東 宮
令丈《れいじょう》ヒロ子 原作・文 吉田玲子 脚本　小説 若おかみは小学生！〈劇場版〉
渡辺淳一　失 楽 園 (上)(下)
渡辺淳一　男 と 女
渡辺淳一　泪《なみだ》 壺《つぼ》
渡辺淳一　秘 す れ ば 花
渡辺淳一　化 粧 (上)(下)
渡辺淳一　あじさい日記 (上)(下)
渡辺淳一　熟 年 革 命
渡辺淳一　幸 せ 上 手
渡辺淳一　新装版 雲の階段 (上)(下)
渡辺淳一　麻 酔〈渡辺淳一セレクション〉
渡辺淳一　阿 寒 に 果 つ〈渡辺淳一セレクション〉
渡辺淳一　何《い》処《ずこ》 へ〈渡辺淳一セレクション〉
渡辺淳一　光 と 影〈渡辺淳一セレクション〉
渡辺淳一　花《はな》埋《うず》 み〈渡辺淳一セレクション〉
渡辺淳一　氷 紋〈渡辺淳一セレクション〉
渡辺淳一　長崎ロシア遊女館〈渡辺淳一セレクション〉
渡辺淳一　遠 き 落 日 (上)(下)〈渡辺淳一セレクション〉
輪《わ》渡《たり》颯介　古道具屋 皆塵堂
輪渡颯介　猫除け 古道具屋 皆塵堂
輪渡颯介　蔵盗み 古道具屋 皆塵堂
輪渡颯介　迎え猫 古道具屋 皆塵堂
輪渡颯介　祟《たた》り婿《むこ》 古道具屋 皆塵堂
輪渡颯介　影憑《つ》き 古道具屋 皆塵堂
輪渡颯介　夢の猫 古道具屋 皆塵堂
輪渡颯介　呪い禍 古道具屋 皆塵堂
輪渡颯介　髪追い 古道具屋 皆塵堂
輪渡颯介　怨返《おんがえ》し 古道具屋 皆塵堂
輪渡颯介　闇試し 古道具屋 皆塵堂
輪渡颯介　捻《ねじ》れ家《が》 古道具屋 皆塵堂
輪渡颯介　藁《わら》化《ば》け 古道具屋 皆塵堂
輪渡颯介　溝猫《どぶねこ》長屋 祠之怪《ほこらのかい》
輪渡颯介　優 し き 悪 霊〈溝猫長屋 祠之怪〉
輪渡颯介　欺 き の 童霊《わらしれい》〈溝猫長屋 祠之怪〉
輪渡颯介　物 の 怪 斬 り〈溝猫長屋 祠之怪〉
輪渡颯介　別 れ の 霊 祠〈溝猫長屋 祠之怪〉
輪渡颯介　怪談飯屋古狸
輪渡颯介　祟《たた》り神 怪談飯屋古狸
輪渡颯介　攫《さら》 い 鬼〈怪談飯屋古狸〉
綿矢りさ　ウォーク・イン・クローゼット
和久井清水《きよみ》　水際のメメント〈きたまち建築事務所のリフォームカルテ〉
和久井清水　かなりあ堂迷鳥草子《めいちょうぞうし》
和久井清水　かなりあ堂迷鳥草子2 盗蜜《とうみつ》
和久井清水　かなりあ堂迷鳥草子3 夏塒《なつねぐら》
若菜晃子　東京甘味食堂

古典

2025年3月14日現在